Arno Backhaus

Voll Weihnachten

Das große Spaß- und Spielebuch
für die Adventszeit

ARNO BACKHAUS

voll weihnachten

Das große Spaß- und Spielebuch für die Adventszeit

Brendow
Verlag | Alles, was Sinn macht!

Bibliografische Information der Deutschen Nationalbibliothek
Die Deutsche Nationalbibliothek verzeichnet diese Publikation in der Deutschen Nationalbibliografie; detaillierte bibliografische Daten sind im Internet über http://dnb.d-nb.de abrufbar.

Quellenhinweise
Johannes Hildebrandt: Eine Fabel. aus: Das Wichtigste an Weihnachten. Eine Fabel von Johannes Hildebrandt mit Illustrationen von Nina Dulleck (SCM, Holzgerlingen 2015)
Johannes Berthold: In Nazareth war nie viel los. Alle Rechte beim Autor
Tilman Kugler: Warum das schwarze Schaf bei der Krippe blieb. Alle Rechte beim Autor
Gina Ruck-Pauquet: Traumbescherung. Alle Rechte bei der Autorin
Margarete Kubelka, Das Weihnachtsevangelium des kleinen Markus. Aus: Wie das Kamel zu seinen Höckern kam. 1997 Verlag am Eschenbach in der Verlagsgruppe Patmos der Schwabenverlag AG; www.verlag-am-eschbach.de

Wir danken allen Rechteinhabern für die Genehmigung zum Druck. Es war uns leider nicht möglich, alle Geschichten ihren jeweiligen Urhebern zuzuordnen. Für entsprechende Hinweise sind Verlag und Autor dankbar.

ISBN 978-3-96140-073-7

Gesamtgestaltung: Brendow Verlag, Moers
Titelfoto: fotolia cirodelia
Druck und Verarbeitung: CPI books, Leck
Printed in Germany

www.brendow-verlag.de

Volle Kanne Weihnachten!

Weihnachten kann manchmal ganz schön langweilig und nervig sein. Da muss man vier Wochen warten, bis man endlich seinen gewünschten I-Pod (Eierbecher), Fußball oder was auch immer bekommt. Und dann der Stress mit Mama und Papa. Mama putzt die Wohnung wie eine Verrückte, und Papa motzt sofort rum, wenn ihm etwas nicht passt, weil er so gestresst von der Arbeit kommt. Und wehe, es liegt draußen auch noch Schnee. Dann musst du den ewig lange wegschippen, ohne zu wissen, ob du nicht am nächsten Morgen wieder von vorne anfangen kannst. Die Adventszeit ist für viele eine echte Herausforderung. Und genau für diese Zeit habe ich dieses Buch geschrieben.

Hier findest du …

- verrückte Spiele, die du alleine oder mit Freunden spielen kannst,
- quirlige Rätsel, bei denen sogar deine Eltern alt aussehen (sogar noch älter, als sie jetzt schon sind),
- interessante und lustige Geschichten zur Weihnachtszeit,
- Weihnachtswitze zum Schieflachen
- und jede Menge weitere Überraschungen.

Vielleicht hast du ja Lust, ein paar Freunde einzuladen. Dann spielt ihr gemeinsam Über Kerzenflaschen steigen (S. 8). Aber pass auf, dass du nicht die Bude abfackelst.

Oder lad doch mal Oma und Opa ein und frag sie, ob sie mit dem Buchstabensalat (S. 17) etwas anfangen können.

Wenn du ganz großes Glück hast, machen sogar deine Mama und Papa bei dem einen oder anderen Spiel mit, z.B. bei dem Weihnachts-und-Advents-Quiz (S. 18). Oder Mama backt dir die Plätzchen fürs Weihnachtsplätzchen-Memory (S. 89).

Auf jeden Fall wünsche ich dir keine langweilige, sondern eine kurzweilige Adventszeit.

Dein Arno

*Die ersten Weihnachten vor über 2000 Jahren waren auch alles andere als perfekt. Nirgends Glocken. Keine Glühweinstimmung. Kein Tannenbaum, keine Räuchermännchen, keine bunten Geschenke. Auch damals lief alles ziemlich chaotisch. Stell dir vor, eine Frau ist im 9. Monat schwanger – und das Finanzamt fordert sie plötzlich auf, am Geburtsort ihres Mannes zu erscheinen. Über alle Berge, weit entfernt vom Arzt, von ihrer Mutter und dem trauten Heim. Und das alles nur, um mit ihrem Mann in einer langen Schlange zu stehen, ein paar Formulare auszufüllen und Steuern zu zahlen. Das Ganze in einem Land voller Hektik und Gefahren. Die machtbesessene Regierung setzt alles daran, die Herrschaft aufrechtzuerhalten, über die Interessen des Volkes hinweg. Korruption, sogar Mord und Totschlag durch Regierungsvertreter, sind an der Tagesordnung. Selbst damals stellte man sich unter einer idealen ersten Geburt etwas anderes vor.
Und als sie in dieser fremden Stadt ankommen, sind auch noch alle Hotels ausgebucht. „Belegt" steht an jeder Straßenecke. Der frustrierte Josef findet einen alten Schuppen in irgendeiner Gasse, um wenigstens ein Dach über dem Kopf zu haben. Es muss schlimm gewesen sein – am Ende der Belastbarkeit. Und dann setzen die Wehen ein. Kein klinisch sauberer Kreißsaal, keine Hebamme, keine sanfte Geburt, sondern knallhart im Stall, im Futtertrog.

Was Maria und Joseph nur teilweise ahnten – und was wir heute allzu leicht übersehen – ist, dass es zu Weihnachten eigentlich überhaupt nicht darum geht, perfekte Rahmenbedingungen zu haben: der Braten, die Deko, die Stimmung und die Wohnung. Genau das Gegenteil ist gefragt: Gott kommt in eine missratene Welt und will ihr auf unkonventionelle Weise eine echte Chance geben, wieder in Ordnung zu kommen.

Streichholzturm

ab 1 Person
ab 8 Jahren
ca. 5-15 Minuten
Charakter: spannend, kniffelig, etwas kompliziert, ruhig, kein Wettbewerb
Material: Flasche – genügend Streichhölzer – feuerfeste Unterlage (Metall- oder Emaille-Schüssel)

Besorgt euch eine feuerfeste Unterlage, eine Metall- oder Emailleschüssel, und stellt diese in der Mitte eures Stuhlkreises auf einen Tisch oder auf die Erde. In die Mitte der Schüssel stellt ihr eine leere Sprudelflasche ohne Verschluss.

Alle Spieler sitzen im Kreis um den Tisch herum. Jeder bekommt fünf Streichhölzer. Nacheinander legt jeder Spieler gaaaaanz vorsichtig mit spitzen Fingern ein Streichholz auf den Flaschenhals. Die ersten Streichhölzer sollten nebeneinander liegen, damit ihr eine gute Grundlage habt. Danach könnt ihr immer zwei Streichhölzer mit kleinem Abstand nebeneinanderlegen, die nächsten beiden quer über die unteren, sodass ihr euch langsam nach oben arbeitet. Es entsteht ein Streichholzturm, der natürlich nicht umfallen darf. Der, der ihn zum Umfallen bringt, scheidet aus.

Alle, die ihre fünf Streichhölzer abgelegt haben, bekommen fünf weitere Streichhölzer und können weiterbauen. Ihr entscheidet am besten gemeinsam, wann ihr aufhören wollt.

Über Kerzenflaschen steigen

ab 8 Personen
ab 6 Jahren
ca. 5-10 Minuten
Charakter: kniffelig, spannend, witzig-lustig, kein Wettbewerb
Material: 5-10 Kerzen – 5-10 Flaschen – Augenbinde

Weihnachtsmännern und Nikoläusen wird viel abverlangt, sie müssen im Dunkeln schreiben können und müssen oft mit ihren schweren Stiefeln durch hohe Schneewehen steigen. Heute üben wir das typische Nikolaus-Steigen.

In die Mitte eines Kreises werden 5-10 Flaschen (je nach Platz) in eine Reihe gestellt mit etwa 50 cm bis 80 cm Abstand. Auf jeder Flasche steckt eine brennende Kerze. Eine Person wird herausgepickt, die die Aufgabe hat, über die Flaschen zu steigen, ohne sie umzuwerfen und sich an der Hose zu verbrennen. Der Spielleiter sollte darauf achten, dass der Spieler nicht neben der Flasche hersteigt, sondern möglichst über die Flasche (beim Probelauf!).

Zwei Probegänge sind erlaubt, um ein Gefühl für die Höhe und den Abstand zu bekommen. Beim Probelauf werden die Kerzen natürlich noch nicht angesteckt.

Und jetzt wird's ernst. Die Kerzen werden angezündet. Bei starken Schneestürmen sieht der Nikolaus natürlich gar nichts, da muss er sich auf sein gutes Gefühl verlassen. Jetzt werden dem Spieler die Augen verbunden, währenddessen leise ein anderer Mitspieler alle Flaschen unbemerkt zur

Seite stellt, vorsichtig, dass die Kerzen nicht ausgehen oder umfallen.

Der Spieler mit den verbundenen Augen wird zur ersten „Flasche" geführt. Der Spieler steigt jetzt über die erste Flasche, wo gar keine ist. Als Gruppe kann man das natürlich unterstützen mit entsprechenden Kommentaren: „Oh, das war knapp!", oder: „Jaaaieieie", oder: „... Geschafft!!", „Pass auf!! Das Bein muss höher! Du verbrennst dir die Hose!" usw.

Jede Flasche wird erst dann wieder auf den alten Platz zurückgestellt, wenn der Spieler „über sie gestiegen ist".

Nach der letzten Flasche wird dem Spieler langsam (!) die Augenbinde abgenommen, damit ihr genügend Zeit habt, die restlichen Flaschen zurückzustellen.

Ein Applaus für die super Leistung im Blindflug!

Im Dunkeln schreiben

ab 2 Personen
ab 8 Jahren
ca. 5 Minuten
Charakter: spannend, kniffelig, starker Wettbewerb
Material: für jeden Mitspieler Papier und Bleistift

Bald ist wieder Nikolaustag. Nikoläuse sind ja bekanntlich auch nur Menschen und vergesslich, deshalb müssen sie sich alles aufschreiben, um nichts zu vergessen. Das Problem ist nur, um von Kindern nicht gesehen zu werden, reisen sie meistens im Dunkeln, da lässt es sich zwar gut munkeln und schunkeln, aber nicht schreiben. Aus diesem Grund wollen wir das heute mal üben, d. h., jeder sitzt an einem Tisch, hat ein leeres DIN-A4-Blatt vor sich und einen Stift. Das Licht im Zimmer wird gelöscht, und der Spielleiter diktiert einen Satz, den jetzt jeder versucht, auf das Blatt zu schreiben. Achtet darauf, dass es im Zimmer wirklich richtig dunkel ist und nicht eine Straßenlampe von außen reinleuchtet. Die Spieler können das Wort in Schreib- oder Druckschrift schreiben.

Ihr könnt ja, bevor ihr ganze Sätze schreibt, erst mal üben und kleine kurze Worte aufschreiben wie: Ohr – Post – Rad – Tag – Uhr – Maus. Wer am besten schreibt, wird Obernikolaus.

Kerzen anzünden mit verbundenen Augen

ab 4 Personen
ab 8 Jahren
ca. 5-10 Minuten
Charakter: kniffelig-spannend, kein Wettbewerb
Material: Brettchen – vier Kerzen – Augenbinde – Streichhölzer

Auf ein Brettchen werden an allen vier Ecken Kerzen gestellt. Ein Spieler hat die Aufgabe, mit verbundenen Augen alle vier Kerzen anzuzünden. Wie lange braucht er dazu? Die Zeit wird gemessen.

Jetzt kommt der nächste Spieler dran. Wer schafft es am schnellsten? Wenn ihr genügend Brettchen habt, könnt ihr auch mehrere Spieler parallel spielen lassen. Wer hat als Erster seine vier Kerzen angezündet?

Nehmt möglichst flache Kerzen, die nicht umfallen können, vielleicht Teelichter oder Kerzen, die fest im Kerzenhalter stecken.

Nikolaus auf dem Knie

ab 8 Personen
ab 6 Jahren
ca. 5 Minuten
Charakter: spannend, interessant, verrückt, witzig-lustig, kein Wettbewerb
Material: kleiner Schokoladen-Nikolaus

Alle Personen sitzen im Kreis. Du sagst den Teilnehmern, dass hier irgendwo im Raum ein Schokoladen-Nikolaus offen für jeden sichtbar ausliegt. Wer dieses sieht, soll sich still wieder auf seinen Stuhl setzen. Beim Suchen darf nicht geredet oder gelacht werden, auch Zeichensprache ist nicht erlaubt. Sag den Teilnehmern, dass der Nikolaus nicht versteckt liegt, man muss nichts anfassen oder sich bücken, um ihn zu sehen. Wer ihn sieht, setzt sich ohne Kommentar oder ohne den anderen Hilfe oder Tipps zu geben.

Nachdem du das Spiel erklärt hast, setzt du dich auf einen Stuhl im Spielkreis. Den Schokoladen-Nikolaus, der gesucht werden soll, hattest du die gesamte Zeit über unauffällig in der Hand und legst ihn jetzt, ohne dass es auffällt, auf eines deiner Knie, sodass ihn jeder sehen kann. So bleibst du die ganze Zeit auf deinem Platz sitzen und beobachtest die anderen beim Suchen. Immer mal wieder weist du darauf hin, dass keiner reden oder lachen darf. Wer zuletzt sitzt, bekommt den Nikolaus geschenkt. Das wissen die Teilnehmer aber vorher nicht!

Kerze auspusten

ab 2 Personen
ab 6 Jahren
ca. 5-10 Minuten
Charakter: spannend-kniffelig, kein Wettbewerb
Material: 10 Kerzen – Unterlage

Du stellst 10 Kerzen auf ein Tablett. In die Mitte der 10 Kerzen stellst du eine Kerze, die dicker, höher oder kleiner ist als die anderen. Aufgabe ist es, genau diese von einem bestimmten Abstand aus auszupusten. Je näher du die Kerzen zusammenstellst, desto schwieriger ist die Aufgabe. Je weiter die Kerzen auseinanderstehen, desto leichter (logisch, oder?). Du kannst ja auch mal mit einem dicken Strohhalm versuchen, die Kerze auszupusten ...

Weihnachts-und-Advents-lieder-Quiz

Familienbereich
ab 2 Personen
ab 10 Jahren
ca. 5-10 Minuten
Charakter: kniffelig, Wettbewerb
Material: –

Bei diesem Quiz sehen auch die Alten alt aus, denn meistens kennen sie nur den Anfang vieler Advents- und Weihnachtslieder. Du kannst ja mal den Test machen und mit deinen Eltern spielen. Wie heißt das Lied, aus dem die folgende Zeile stammt? Immer nur einen Absatz aus einem Lied nennen, dann einen Textteil aus einem anderen Lied usw.

1. (Oh, du fröhliche) – gnadenbringende Weihnachtszeit – uns zu versühnen – freue, freue dich, o Christenheit – himmlische Heere

2. (Stille Nacht) – Alles schläft – holder Knabe – schlaf in himmlischer Ruh – tönt es laut von fern und nah – o wie lacht – durch der Engel Halleluja

3. (Süßer die Glocken) – als zu der Weihnachtszeit – klingt doch die Erde entlang – segnet den Vater, die Mutter, das Kind – alle aufjauchzen mit einem Gesang

4. (Vom Himmel hoch) – ich bring euch gute neue Mär – das soll eure Freud und Wonne sein – davon ich singen und sagen will

5. (Es ist ein Ros) – und hat ein Blümlein bracht – mitten im kalten Winter – die reine Magd – wahr' Mensch und wahrer Gott

6. (Ihr Kinderlein) – und seht, was in dieser hochheiligen Nacht – auf Heu und auf Stroh – redlich Hirten – für Freude uns macht

7. (Leise rieselt der Schnee) – still und starr – still schweigt Kummer – Sorge des Lebens – Chor der Engel erwacht – wie lieblich es schallt

8. (Macht hoch die Tür) – es kommt der Herr der – ein Heiland aller Welt zugleich – der Heil und Leben – derhalben jauchzt – reich von Rat – sein Zepter

Lieder-Chaos

Schreib ein Weihnachtslied auf einen Zettel, lass alle Selbstlaute weg und lass von einem Wort zum anderen keinen Abstand. Das könnte dann so aussehen:

„Ihr Kinderlein kommet“
„hrkndrlnkmmt“

Die anderen Mitspieler bekommen natürlich nur die zweite Zeile zu sehen und sollen herausbekommen, wie das Lied heißt. Jetzt schreibst du noch ein paar andere Lieder auf, wie z. B. „Mchth-chdtr“ oder „sstfrnsnztngkmmn“ usw.

Buchstabensalat

Auf vorbereiteten Zetteln schreibst du die in einer falschen Reihenfolge geschriebenen Wörter.
Wie heißen die Wörter richtig?

Bachmutshienaw	(Weihnachtsbaum)
Kandavertzs	(Adventskranz)
Schreubeug	(Bescherung)
Saulinok	(Nikolaus)
Spreilnpeikp	(Krippenspiel)
Melthebeh	(Bethlehem)
Aarim	(Maria)
Preipk	(Krippe)
Nächtlepz	(Plätzchen)
Zerek	(Kerze)
Seekgenchen	(Geschenke)

Advents-Quiz

Familienbereich
ab 2 Personen
ab 10 Jahren
ca. 5-15 Minuten
Charakter: kniffelig-spannend, kein Wettbewerb
Material: –

Was passt hier nicht rein?

a) Krippe – Esel – Weihnachtsbaum – Stern – Hirten – Stall
(Weihnachtsbaum kommt nicht in der Bibel vor)

b) Weihnachtsessen – Weihnachtsbaum – Nikolaus – Weihnachtsgans – Weihnachtsmann
(Nikolaus fängt nicht mit „W" an)

c) Oh du fröhliche – Oh Tannenbaum – Leise rieselt der Schnee – Das Wandern
(„Das Wandern" ist kein Weihnachtslied)

d) 1. – 2. – 5. – 4. – 3.
(5. Advent gibt es nicht)

e) Maria – Mose – Josef – Zacharias – Kyrenius
(Mose kommt nicht in der Weihnachtsgeschichte vor)

f) Weihrauch – Silber – Gold – Myrrhe
(Silber wird bei der Weihnachtsgeschichte nicht als Geschenk aufgeführt)

g) Karpfen – Ente – Gans – Schwein
(Schwein ist kein typisches Weihnachtsfestessen)

h) Lametta – Kugeln – Sterne – Marienkäfer – Engel
(Marienkäfer werden normalerweise nicht als Schmuck in den Weihnachtsbaum gehängt)

i) Astronomie – Astrologie – VW – Mercedes
(VW hat nichts mit einem Stern zu tun)

Quiz

1. An welchem Datum ist der 2. Weihnachtstag?
   (26.12.)

2. Ist der 1., 2., 3., 4. Advent immer an einem Sonntag?
   (ja)

3. Werden Esel und Rind in der biblischen Weihnachtsgeschichte genannt?
   (nein)

4. Was brachten die Weisen mit zur Krippe?
   (Gold, Weihrauch, Myrrhe)

5. Hat der Weihnachtskalender 24 oder 31 Türchen?
   (24)

6. Wo ist Jesus geboren?
   (Bethlehem)

7. Wie hießen die Eltern von Jesus?
   (Maria & Josef)

8. Wohnten Maria und Josef in Bethlehem?
   (nein, sie wohnten in Nazareth in Galiläa)

9. Heißt Advent Erwartung oder Ankunft?
   (Ankunft)

10. Welche „Krankheit“ kommt in der Weihnachtsgeschichte vor?
    (Grippe)

11. Beinhaltet das Weihnachtslied „Oh Tannenbaum" einen biologischen Fehler? Es heißt ja „Oh Tannenbaum, wie grün sind deine Blätter". Müsste es nicht eigentlich heißen „wie grün sind deine Nadeln"?
(nein, es ist kein Fehler, die Nadeln sind winzige eingedrehte Blätter)

12. Wird im Markus-Evangelium die Weihnachtsgeschichte erzählt?
(nein)

13. Wird im Lukas-Evangelium von einem Stern und von den Weisen erzählt?
(nein/Lukas 2,6–16)

14. Ist in der Weihnachtsgeschichte im Matthäus-Evangelium von Hirten die Rede?
(nein/Matthäus 2,1-12)

15. Woher kamen Maria und Josef?
(aus Nazareth bei Galiläa)

16. Wo wollten sie hin?
(nach Bethlehem)

17. Was wollten sie da?
(sich in Steuerlisten eintragen lassen/Volkszählung)

18. Wie viele Könige kamen zur Krippe?
(unbekannt, nur Weise, Magier, Sterndeuter werden genannt)

19. Was war am 6.12.1950 in Jerichow?
(Nikolaustag – den Ort Jerichow gibt es in Deutschland übrigens mit der Postleitzahl 39319)

20. Warum bekamen Maria und Josef keine Unterkunft?
(durch die Volkszählung war die Stadt bereits völlig ausgebucht)

21. Wie hieß der Mann von Marias Verwandter Elisabeth?
(Zacharias)

22. Wie hieß der Engel, der die Geburt von Johannes ankündigte?
(Gabriel)

23. Wie hießen laut lateinischer Tradition die drei Weisen?
(Kaspar, Melchior, Balthasar)

Schon gewusst?

Wusstest du …

… dass die Worte „Weihnachten" und „Advent" gar nicht in der Bibel vorkommen?

… dass nirgends in der Bibel steht, dass Jesus in einem Stall geboren wurde (nur in einem Futtertrog, und wo der stand, wird nicht berichtet)?

… dass in der Weihnachtsgeschichte der Bibel kein Esel und kein Rind vorkommen?

… dass im Markus-Evangelium die Weihnachtsgeschichte fehlt?

… dass im Lukas-Evangelium weder von einem Stern noch von Weisen die Rede ist?

… dass im Matthäus-Evangelium nichts von den Hirten steht?

… dass die Weihnachtszeit eigentlich erst am 7.1. endet?

… dass wir das Bild des Weihnachtsmannes – mit weißem Bart, rotem Mantel und weißem Pelz – der Firma Coca Cola verdanken?

… dass der Nikolaus ursprünglich ein Türke und ein Bischof war?

… dass zu Ostern 50 Millionen mehr Schokoladen-Osterhasen hergestellt werden als Weihnachtsmänner zu Weihnachten?

… dass die Herstellung von Schokoladen-Weihnachtsmännern im August beginnt?

… dass jedes Jahr zur Weihnachtszeit ca. 6000 Zimmer-Tannenbäume in Deutschland ein Fall für die Feuerwehr werden?

… dass es Weihnachtsbäume mit Kerzen erst seit 1611 gibt?

… dass früher am Weihnachtsbaum keine Kerzen, sondern nur Äpfel hingen?

… dass bis ins 18. Jahrhundert hinein der Weihnachtsbaum nur in den Häusern der wohlhabenden Oberschicht zu finden war, da Nadelbäume sehr teuer waren?

… dass der Tannenbaum keine Nadeln, sondern Blätter hat (die Nadeln sind winzige eingedrehte Blätter!)?

… dass der erste öffentliche Weihnachtsbaum in den Vereinigten Staaten leuchtete, und zwar 1891 in Washington vor dem Weißen Haus?

… dass die Kirche bis ins 19. Jahrhundert den Weihnachtsbaum abgelehnt hat, weil er heidnischen Ursprungs ist, und ihn erst am Ende des 19. Jahrhunderts in das christliche Brauchtum aufnahm?

… dass es in Deutschland Orte wie Jesuborn (98708 Gehren, Ortsteil Jesuborn) und Jerichow (39319) gibt?

… dass der „General Grant Tree“, mit 81 Metern der größte Weihnachtsbaum der Welt, im Sequoia-Nationalpark/USA steht?

… dass die Adventszeit ursprünglich eine Fastenzeit war, in der nicht aufwendig gefeiert werden durfte?

… dass Gott sich für Windeln als Erkennungszeichen seines großen Auftritts entschieden hat?

Eine Fabel

Die Tiere diskutierten einmal über Weihnachten. Sie stritten, was wohl die Hauptsache an Weihnachten sei.

„Na klar, Gänsebraten", sagte der Fuchs, „was wäre Weihnachten ohne Gänsebraten!"

„Schnee", sagte der Eisbar, „viel Schnee!" Und er schwärmte verzückt: „Weiße Weihnachten!"

Das Reh sagte: „Ich brauche aber einen Tannenbaum, sonst kann ich nicht Weihnachten feiern."

„Aber nicht so viele Kerzen", heulte die Eule, „schön schummrig und gemütlich muss es sein, Stimmung ist die Hauptsache."

„Aber mein neues Kleid muss man sehen", sagte der Pfau, „wenn ich kein neues Kleid kriege, ist für mich kein Weihnachten."

„Und Schmuck!", krächzte die Elster. „Jedes Weihnachtsfest kriege ich was: einen Ring, ein Armband, eine Brosche oder eine Kette, das ist für mich das Allerschönste an Weihnachten."

„Na, aber bitte den Stollen nicht vergessen", brummte der Bär, „das ist doch die Hauptsache. Wenn es den nicht gibt und all die süßen Sachen, verzichte ich auf Weihnachten."

„Mach's wie ich", sagte der Dachs, „pennen, pennen, das ist das Wahre. Weihnachten heißt für mich: mal richtig pennen!"

„Und saufen", ergänzte tierisch der Ochse, „mal richtig einen saufen und dann pennen –", aber dann schrie er „Aua", denn der Esel hatte ihm einen gewaltigen Tritt versetzt: „Du Ochse, denkst du denn nicht an das Kind?"

Da senkte der Ochse beschämt den Kopf und sagte: „Das Kind, ja, das Kind, das ist doch die Hauptsache." – „Übrigens", fragte er dann den Esel: „Wissen das die Menschen eigentlich?"

Johannes Hildebrandt

In Nazareth war nie viel los …

Die Weihnachtsgeschichte in Reimen

In Nazareth war nie viel los,
doch heute ist der Trubel groß.
Man reckt die Hälse, steht auf Zehen,
nur, um den Mann aus Rom zu sehen.
Der unterdessen blickt gelassen
rings um sich auf die Menschenmassen
und ruft dann laut: „Seid doch mal leiser!
Ich habe ein Gebot vom Kaiser!
Ihr seht, ich habe hier Papiere –
und jetzt hört zu, denn ich zitiere:
‚Als Kaiser bin ich interessiert
an dem, was überall passiert.
Ob einer gut, ob schlecht sich führt –
in Rom wird alles registriert.
Das Römerreich – die ganze Welt –
mein starker Arm zusammenhält.
Nur eines lief bei uns hier schief,
und deshalb schreib ich diesen Brief:
Unsre Statistik hat ein Loch –
genaue Zahlen fehlen noch.

Kurzum, es interessiert mich eben,
wie viele in meinem Reiche leben.
So müssen wir euch zählen –
leider, wegen der Steuern und so weiter.
Gezählt wird jeder, Mann und Frau,
auch kleine Kinder – ganz genau.
Damit uns keiner geht verloren,
geht dorthin, wo ihr seid geboren.

Ich hoffe, dass ihr gut pariert.
Wer nicht gehorcht, wird abgeführt.'"
Auch Joseph hörte das Gebot.
Vor Zorn war sein Gesicht ganz rot.
Er knurrte erbost: „Des Kaisers Plan
kommt nur von seinem Größenwahn!
Mir ist das alles gar nicht lieb!
Was wird denn hier aus dem Betrieb?
Ich mache nur noch Überstunden
und komme kaum über die Runden.
Zum Reisen hab ich keine Zeit,
doch du tust mir am meisten leid.
Das wird an deinen Kräften zehren
und bald wirst du das Kind gebären.
Maria, sag, wo ist da Gott?
Er schläft vielleicht, sieht nicht die Not."
Und Joseph schwieg. Maria saß,
den Kopf gesenkt, die Augen nass.
„Das alles macht mich ganz benommen.
Ich spüre es, das Kind wird kommen,
in ein paar Tagen, vielleicht morgen.
Ach Joseph, auch ich mach mir Sorgen.
Doch weiß ich, Gott, der Herr, schläft nicht.
Und auch im Dunkeln ist sein Licht.

Ihn kann und mag ich nicht anklagen.
Ich will ihm alle Sorgen sagen.
Denn nicht Augustus ist es, der
die Welt regiert, sondern der Herr.
Er gab dem Kind in mir das Leben.

Wie sollt er uns nicht Hilfe geben?"
Maria hat noch vor der Nacht
das Nötigste zurechtgemacht.
Vor allem denkt sie an das Kind,
an warme Decken gegen Wind,
an Windeln und an etwas Creme
an Josephs Jacke, die bequeme,
natürlich auch an Proviant,
für'n Notfall auch etwas Verband.
Nun fallen ihr die Augen zu,
sie legt sich hin und schläft im Nu.
Die Morgensonne sah die beiden,
wie sie bereits den Weg beschreiten,
der an der Kreuzung links abbog
und sich ins Tal nach Süden zog.
Besonders für Maria war
der Weg sehr schwer, und unsagbar
war oft der Schmerz in ihren Beinen.
Maria musste manchmal weinen.
In einem solchen Augenblick
hat Joseph sie mit viel Geschick
und mit Geduld getröstet dann.
Das hat Maria gutgetan.
Der Weg schien ihnen ohne Ende,
er zog sich mühsam durchs Gelände.

Obwohl sie sich schon sehr beeilten
und nirgends lange Zeit verweilten,
mussten sie fünfmal übernachten.
Nach Tagen dann, wie sie so gehen,

da bleibt Joseph auf einmal stehen.
„Maria, sieh, die Häuser dort
im Tal, das ist mein Heimatort.
Mein Gott, ich kann's noch gar nicht fassen,
als Kind hab ich das Dorf verlassen
und es seitdem nicht mehr gesehen.
Inzwischen ist hier viel geschehen.
Doch manches ist mir noch bekannt –
das Feld, die Scheune dort am Rand ...
Wie bin ich froh, wir sind nun da,
wir sind am Ziel – Halleluja!"

In Bethlehem war ein Gedränge,
die Straßen waren viel zu enge.
Das Dörfchen platzte aus den Nähten.
Vor allem aber in den Läden
war dieser Tage Hochbetrieb,
sodass kaum etwas übrig blieb.
Maria wurde das Gewühl
hier mit einem Mal zu viel.
„Joseph, ich glaub, in ein paar Stunden,
da hab ich sicherlich entbunden."
Er dachte erst, das war ein Scherz,
doch sah er dann, wie sie vor Schmerz
ganz kläglich auf dem Esel saß,
und ihr Gesicht war richtig blass.
„Wir brauchen schnell ein Nachtquartier.
Maria, bitte, warte hier.
Es dauert nur 'nen Augenblick.
Ich komme sicher gleich zurück."

als Joseph endlich wiederkam,
da blickte sie ihn fragend an.
„Ich bin durchs ganze Dorf gekommen,
aber niemand hat uns aufgenommen.
Doch etwas draußen, gar nicht weit,
da steht für uns ein Stall bereit.
Da können wir bei Ochs und Schafen
in dieser Nacht ausruhen und schlafen."
Da lagen sie auf Stroh, ganz arm, doch
war es wenigstens hier warm.
Es leuchtete in weiter Fern
ein wundervoller klarer Stern.
Sein heller Schein durchs Fenster fällt,
da kam das Jesuskind zur Welt.
Und Joseph legt es zart und sacht
Maria in den Arm. Sie lacht
vor Freude und ihr Blick
strahlt voller Liebe und vor Glück.
Und in des Stilles Einsamkeit
geschieht, was Gott vor Ewigkeit
in seinem Herzen einst beschloss,
nun liegt es in Marias Schoß:
das Kind, das in der tiefsten Nacht
das Licht in unsre Welt gebracht.
Am Balken hängt Josephs Laterne
und leise klingt aus weiter Ferne
und immer näher an das Ohr
der Engel Lied in frohem Chor:
„Lob, Ehr sei Gott im höchsten Thron
und Jesus Christus, seinem Sohn,

und Fried den Menschen auf der Welt,
die leben, wie es Gott gefällt.
Denn Gott, der Herr, hat heut getan,
was die Propheten sagten an."
Maria lag und lauschte stille:
„Da war es also, Gottes Wille,
dass wir hierher so lange gingen.
Ja, Joseph, was die Engel singen,
das zeigt, dass Gott die Welt regiert.
Er hat uns wunderbar geführt.
Und auch der Kaiser, der sich denkt,
es sei der Herr, der alles lenkt,
er musste alles inszenieren,
um uns nach Bethlehem zu führen."

All Müh und Plag war nun vergessen,
auch Joseph hat still dagesessen
und, da er alles jetzt begriffen,
zum Lied der Engel mitgepfiffen.
So klang dies Lied im engen Stall,
doch heute hört man's überall.
Es klingt in Dorf und Stadt und Land
und macht der ganzen Welt bekannt,
dass Gott uns liebt und unsre Nacht
in Jesus Christus hell gemacht.

Johannes Berthold

Die Weihnachtskrippe

Peter durfte zum ersten Mal mit dem Zug verreisen, und zwar zu seinen Großeltern. Es war in der Weihnachtszeit. Gleich nachdem ihn der Großvater am Bahnhof abgeholt hatte, gab es bei der Großmutter guten, warmen Kakao zu trinken und dazu die feinen Plätzchen, die ihm so schmeckten. Er war ganz aufgeregt und konnte abends kaum einschlafen, und morgens war er als Erster wach.

Am Nachmittag dieses Tages nahm ihn der Großvater mit auf den Dachboden des Hauses: „Komm, ich muss dir etwas zeigen." Als sie die schmale Treppe hinaufgestiegen waren, sah Peter in der Ecke des Raumes große, geschnitzte Holzfiguren.

Diese Krippenfiguren standen auf einem Tischchen – vorsichtig nahm der Großvater den Stall und einen knienden Hirten in die Hand und trug sie hinunter. Peter durfte den Josef tragen. Mehrmals mussten sie die Treppe hinaufgehen, bis alle Figuren unten waren. Peter beobachtete, wie Großvater die Figuren auf einen großen Tisch stellte.

„Was bedeuten diese Figuren? Was macht denn der mit dem Kästchen in der Hand? Warum haben die so helle Kleider an?", so durchlöcherte Peter den Großvater mit Fragen. Geduldig erklärte der Großvater dem Kind alles, während er die Figuren abstaubte und in die Krippenlandschaft stellte.

Immer leiser wurde die Stimme von Peter. Er gähnte. Allmählich wurde er in der warmen Stube ganz müde. Sein Kopf sank auf die Tischplatte. Er war eingeschlafen. Dabei träumte er.

Im Traum wurden alle Holzfiguren lebendig, die Hirten mit ihren Schafen, die Weisen aus dem Morgenland mit ihren Kamelen, Maria und Josef und auch das Kind in der Krippe. Und er selbst ging auf die Krippe zu und begrüßte das Jesuskind. Da fiel ihm

ein: Ich habe ja nichts zu schenken mitgebracht. Alle hatten etwas bei sich, die Hirten: das Schaffell, die Weisen: Gold, Weihrauch und Myrrhe – nur er – er hatte nichts.

Da sagte das Jesuskind zu ihm: „Drei Dinge möchte ich von dir."

„Ach ja", antwortete der Junge, „jetzt weiß ich's, meine neue elektrische Eisenbahn und das Buch mit den schönen, bunten Bildern und die neue Winterjacke, das gebe ich dir!"

Das Jesuskind sagte: „Nein, das brauche ich nicht. Drei andere Dinge brauche ich von dir!" – „Was denn?" – „Erstens gibst du mir deinen letzten Deutschaufsatz!" Peter bekam einen Schrecken und sagte: „Aber das geht doch nicht. Da hat der Lehrer ‚ungenügend' daruntergeschrieben."

„Ja", sagte Jesus, „gerade deswegen will ich ihn ja haben. Versprich mir, dass du mir alles in deinem Leben gibst, wo die Menschen darunterschreiben ‚ungenügend', ‚reicht nicht', ‚stimmt nicht', ‚nicht vollkommen'. Bringst du mir immer alles, was ungenügend ist?" – „Ja", sagte Peter.

„Und das Zweite, das ich von dir möchte, ist dein Milchglas." Schnell sagte Peter: „Das ist doch zerbrochen!" – „Ja, gerade deswegen. Versprichst du mir, dass du mir alles bringst, was unter deinen Händen zerbricht, alles, was in Scherben geht, alles, was kaputtgeht in deinem Leben, alles, was verwundet ist, was Sprünge bekommt und auseinanderbricht, bringst du mir das?"

„Ja", sagte er.

„Und dann hätte ich gerne noch ein Drittes von dir: die Antwort, die du deiner Mutter gabst, als sie dich nach dem Glas fragte!" Da senkte Peter den Kopf, wurde ganz klein und sagte: „Da habe ich gelogen. Das Glas war nicht runtergefallen, wie ich es gesagt hatte. Ich habe es aus Wut und Zorn zerschmissen."

„Ja", erwiderte Jesus, „deswegen! Versprichst du mir, dass du mir alles aus deinem Leben gibst, was gelogen ist, was aus Wut und Zorn absichtlich zerstört ist? Bringst du mir das alles, damit ich es heil machen kann?"

Und Peter sagte: „Ja!"

In diesem Augenblick wachte er auf, sah die Krippenfiguren aus Holz, sah den Großvater mit dem Staubtuch hantieren. Sehr nachdenklich saß er da, in ihm war eine tiefe Freude, die er sich nicht ganz erklären konnte. Ob er begriffen hat, dass das mehr als ein schöner Traum war? Ob wir begreifen, dass Weihnachten nicht nur mit niedlichen Holzfiguren zu tun hat, die man abstauben kann und später wieder auf den Boden stellt? Jesus möchte unsere Seele abstauben von Schmutz und Dreck, unser Herz reinigen, damit wir wieder aufatmen können, wieder lachen können. Dass uns Freude ins Herz fällt, die vor dem Alltag nicht kapituliert. Die Hirten gingen zurück zu ihren Schafen, in die Nacht und Kälte voller Gefahren – und dankten und priesen Gott.

Der Oberförster und die Waldameisen

Eines Tages kam der Oberförster in den Wald und sah, dass seine Ameisen auf Wanderschaft zu einem großen Gebirgsbach waren. Er hatte Angst, dass sie in den Tod liefen, schließlich waren sie für die Ökologie des Waldes unabdingbar. So stellte er den Ameisen seinen Fuß in den Weg, um sie von ihrem Irrweg abzubringen. Doch die Ameisen wussten damit nichts anzufangen und liefen darüber hinweg. Für sie war „Fuß" etwas Unbekanntes und wegen der Größe sogar Bedrohliches, schließlich waren ihre eigenen Gehwerkzeuge ganz anderer Art.

Der Oberförster merkte, dass die Ameisen ihn nicht verstanden, und geriet in Panik. Diesmal legte er einen großen Stein auf den Weg. Doch auch der Stein hinderte die Ameisen nicht daran, ihren Weg zum Bach fortzusetzen. Sie wunderten sich nur, dass es plötzlich kalt unter ihren Füßen wurde und sie einen Umweg laufen mussten.

Da sah der Oberförster keinen anderen Ausweg mehr, als selbst Ameise zu werden. Sofort sprach er die erste Ameise an: „Stopp, bleib stehen! Ich bin der Oberförster und habe die Übersicht. Wenn ihr hier weiterlauft, lauft ihr direkt in den Bach und somit in den sicheren Tod."

„Ha, ha", lachten da einige Ameisen. „Du bist eine Ameise wie wir und nicht der Oberförster, das ist doch nun ganz eindeutig zu sehen."

„Doch, ihr müsst mir glauben, ich will doch nur euer Bestes."

„Du spinnst ja!", sagten ihm da die Ameisen.

„Nein, ich will euer Leben retten und euch den richtigen Weg zeigen!

Habt ihr nicht gemerkt, dass ich euch meinen Fuß vorgesetzt und euch einen Stein in den Weg gelegt habe?"

„Du behinderst uns, legst uns Steine und stellst uns deinen Fuß in den Weg und willst uns retten und helfen? Sag mal, du verkaufst uns ja Schwarz für Weiß. Nur, weil wir Ameisen sind, fallen wir noch lange nicht darauf rein."

„Doch, ihr müsst mir glauben. Ich bin zwar eine Ameise, aber eigentlich bin ich der Oberförster. Ich habe ja keine andere Wahl gehabt, als Ameise zu werden, weil ihr mich auf keine andere Art verstehen könnt. Wenn ihr mir folgt, führe ich euch in Sicherheit, ihr musst nur einfach hinter mir hergehen."

Einige der Ameisen glaubten ihm und gingen ihm hinterher, aber die meisten ignorierten ihn und liefen in den Tod.

Gott wurde Mensch, wurde Jesus. Gott hatte keine andere Wahl, mit uns zu kommunizieren. Von Mensch zu Mensch, auf gleicher Ebene. Er kam, um uns vor dem Tod zu bewahren. Wurde klein, um uns zu retten. Alle scheinbaren „Behinderungen" Gottes (seine Gebote, nachzulesen im Alten Testament) hatten nicht das Ziel, uns zu ärgern, zu stören oder zu behindern, auch wenn sie, oberflächlich betrachtet, diesen Anschein hatten. Sie hatten das Ziel, uns wachzumachen für die Realität, uns zu retten vor dem Tod.

Doch wo er klopft, ist es vergeblich.
Auch wurde es schon langsam neblig.
Er hatte auch nach knapp zwei Stunden
noch immer kein Quartier gefunden.
Vor Sorge war sein Herz ganz schwer,
er ängstigt sich nun immer mehr.
„Die Nacht wird kalt, wir werden frieren,
wenn wir im Freien hier kampieren.
Das ist unmöglich! – Und das Kind!
Ach, dass sich doch ein Zimmer find'!"
Er geht noch etwas geradeaus,
da steht am Rand ein kleines Haus.
Er weiß, dort wohnt ein alter Hirt,
der sich an ihn erinnern wird.
Er klopft – und er erzählt die Not
dem alten Hirt. Erbarm sich Gott!
„Ihr zwei, ihr tut mir wirklich leid!
Doch kommst du so hereingeschneit.
In meinem Hause hab ich hier
beim besten Willen kein Quartier.
Ich hab's! Joseph, da vor dem Ort,
du weißt doch, bei dem Felsen dort,
da hab ich einen Stall – ganz klein –,
ihr werdet dort alleine sein.
Auch warm ist's dort bei meinen Tieren,
so müsst ihr diese Nacht nicht frieren."

Maria wartete verlassen
und einsam in den Menschenmassen,

Wollknäuelgeschichte

ab 8 Personen
ab 10 Jahren
ca. 5-15 Minuten
Charakter: spannend, interessant, kniffelig, ruhig, kommunikativ, kein Wettbewerb
Material: Wollknäuel

Dieses Spiel ist gut geeignet für Gruppen, die sich noch nicht oder wenig kennen, oder auch für Personen, die etwas scheu und schüchtern sind. Ihr sitzt im Kreis, und einer von euch hat ein dickes Wollknäuel in der Hand und „spinnt" eine Weihnachtsgeschichte. Wenn er nicht mehr will oder kann, wirft er das Wollknäuel einem anderen Mitspieler zu und hält den Anfang des Wollfadens in der Hand. Der Nächste erzählt jetzt weiter und wirft das Wollknäuel wiederum dem Nächsten zu. Wichtig ist, dass er den Faden festhält. Im Laufe der Zeit entsteht ein großes Netzwerk.

Spielvariante:

- Man kann später auch rückwärtsspielen, indem man den Faden wieder aufwickelt.
- Das Spiel eignet sich auch gut zum Kennenlernen in fremden Gruppen. Statt eine fortlaufende Geschichte zu erzählen, kann man der Person, der man die Wolle zuwirft, Fragen stellen oder von seinen Träumen, Wünschen und Visionen sprechen. Z.B.: „Was ist dein Lieblingsessen zu Weihnachten?" – „Was bedeutet dir Weihnachten?" – „Über welches Geschenk hast du dich bisher am meisten gefreut?" – „Wie würdest du am liebsten Heiligabend feiern?" – „Was magst du an der Weihnachtszeit/was nicht?" Usw.

Witze, Witze, Witze, Witze, Witze, Witze

„Na, hat Ihnen das Christkind zu Weihnachten was Schönes beschert?"
„Danke, ich bin zufrieden. Mein Freund hat mir ein Buch zurückgebracht, das er vor langer Zeit geborgt hat, mein silbernes Taschenmesser fand sich in einer alten Hose, und meine Tante ist krank und wird mich nicht besuchen."

Ein Zirkus führt eine Riesenschlange vor: „Meine Damen und Herren, hier sehen Sie die Riesenschlange ‚Schleichdichweg'. Von Kopf bis Schwanz 10 Meter lang, von Schwanz bis Kopf 11 Meter."
Ruft einer aus dem Publikum zurück: „He, Sie da, die kann doch von hinten nach vorne nicht länger sein als von vorne nach hinten?!"
„Wieso denn nicht? Von Ostern bis Weihnachten ist's ja auch länger als von Weihnachten bis Ostern!"

Adventszeit. Die Mutter ist in der Küche, der Sohn im Wohnzimmer.
„Kläuschen", ruft die Mutter, „zünde doch schon mal den Adventskranz an!"
Gesagt, getan. Fragt der Knirps anschließend: „Auch die Kerzen?"

Witze, Witze, Witze, Witze, Witze, Witze

Warum klettern Ostfriesen Anfang Dezember nur noch durch das Fenster?
Weil Weihnachten vor der Tür steht!

Vor dem Dom fährt der Bischof in einem großen schwarzen Mercedes vor. Die Menge steht ehrfurchtsvoll dabei, die Kleriker verneigen sich, alle ziehen in feierlichem Zug in den Dom. Sagt ein Straßenjunge: „Der Verein hat sich aber ganz schön entwickelt, angefangen haben die mal mit einem Esel."

„Opa, die Trommel war das beste Weihnachtsgeschenk seit Jahren."
„Warum?", fragt der Opa.
„Mami gibt mir jeden Tag fünf Euro, wenn ich nicht darauf spiele!"

Wie nennt man einen alten Schneemann? Pfütze.

Wie nennt man die Weinsorte, die am Fuß des Vesuvs wächst? Glühwein.

Witze, Witze, Witze, Witze, Witze, Witze

Zwei Blondinen sind im Wald und suchen nach dem passenden Weihnachtsbaum.
Nach etwa zwei Stunden sagt die eine: „Komm, wir nehmen einfach eine Tanne ohne Weihnachtskugeln."

Zwei Kerzen treffen sich. Da fragt die eine: „Sag mal, ist Wasser gefährlich?"
Die andere: „Davon kannst du ausgehen!"

Zwei Rosinen treffen sich. Da sagt die eine: „Du hast ja einen Helm auf!"
„Ja, ich will heute noch in den Stollen."

Fritzchen zu seiner Mutter: „Du kannst die Eisenbahn von meinem Wunschzettel streichen, ich habe gestern eine im Schrank gefunden."

„Ich bin sehr besorgt um meine Frau. Sie ist bei diesem schlimmen Schneetreiben in die Stadt gegangen."
„Na, sie wird schon in irgendeinem Geschäft Unterschlupf gefunden haben."
„Das ist ja gerade meine Sorge!"

Witze, Witze, Witze, Witze, Witze, Witze

„Ich weiß nicht, was ich meiner Frau zu Weihnachten schenken soll", meint ein Freund zum anderen.
„Dann frag sie doch einfach."
„So viel wollte ich nun auch nicht ausgeben."

Kommt ein Schotte in die Post. „Eine 50-Cent-Briefmarke. Aber machen Sie bitte den Preis ab, es soll ein Weihnachtsgeschenk sein!"

„Papa, der Christbaum brennt."
„Das heißt, er leuchtet."
„O.k., jetzt leuchten auch die Gardinen!"

Peter ruft seine Tante an: „Ich danke dir für das Geschenk, das du mir zu Weihnachten geschickt hast."
„Ach", erwidert die Tante, „das ist doch nicht der Rede wert."
„Der Meinung war ich auch", entgegnet Peter, „aber Mami meinte, ich müsste mich auf alle Fälle bei dir bedanken."

Warum das schwarze Schaf bei der Krippe blieb

Diese Geschichte kennt kaum jemand. Und das hat seinen guten Grund: Schwarze Schafe sieht man nachts nämlich schlecht – und in einem dunklen Stall schon gar nicht. Das kann manchmal richtig nützlich sein ...

Die Hirten auf dem weiten Feld vor Bethlehem mochten Samy, das schwarze Schaf, nicht besonders gern. Obwohl Samy das einzige dunkle Schaf und dadurch etwas Besonderes war. Doch schwarze Wolle brachte keinen guten Preis, weil man sie schlecht färben konnte. Die weißen Schafe hingegen hegten und pflegten die Hirten.

Deren Wolle konnte man nach Belieben einfärben. Rot, gelb, blau ... wie es gerade Mode war. Das kam gut an bei den Leuten und brachte den Hirten Geld. Schwarze Wolle jedoch bleibt schwarz. Da ist nicht viel zu machen. Und so musste sich Samy einiges gefallen lassen. Nicht nur die Hirten ließen ihn meistens links liegen oder tobten gar ihre schlechte Laune an ihm aus. Auch die weißen Schafe waren nicht besonders nett zu ihm. Sie blökten schlecht über Samy, traten ihm unauffällig gegen seine dünnen Beine, schubsten ihn vom Futtertrog oder den Stellen mit dem fetten Gras weg und erzählten ihren Jungen, dass es Bosheit wäre, die ein Schaf schwarz macht. Oder Dummheit. Und so kam es, dass Samy ein Einzelgänger – und dazu noch ziemlich dünn – blieb. Das war nun wiederum auch ein Glück, denn sonst wäre er längst beim Metzger gelandet.

„Aber nicht einmal dazu taugt er!", schimpfte der älteste der Hirten an jenem Abend oft vor sich hin. Die anderen schliefen bereits, als ihnen der Engel erschien. Diese Geschichte kennt ja jeder ...

Und auch Samy war dabei, als die Hirten das Kind im Stall und seine Eltern besuchten. Und ihnen ihre Geschenke brachten – vor allem weiche weiße Wolle. Samy war neugierig auf den Kleinen, hatte aber Angst, die Hirten und anderen Schafe würden ihn nicht nach vorne lassen. So drückte er sich zwischen Josef, dem Ochsen und dem Esel vorbei in eine Ecke des Stalls. Von dort konnte er alles genau beobachten. Vor allem das Christkind. Und einmal blinzelte es ihm sogar zu! Samy war selig.

Irgendwann wurde Maria das Getümmel der Hirten und Schafe zu bunt. Das Kind brauchte dringend Schlaf – und sie selbst vielleicht noch viel mehr. Nach all den Strapazen. Und die drei Könige wollten ja auch noch kommen. Also schmiss Maria kurzerhand alle Gäste, Menschen und Schafe aus dem Stall. Sie schloss die Tür, stillte das Baby, legte es in die Krippe, kuschelte sich an Josef, blies dessen Laterne aus und schlief ein.

Aber den Samy hatte Maria einfach übersehen. Er war ja schwarz. Und im Stall war es trotz Laterne ziemlich düster. Und in der Ecke, in der Samy kauerte, erst recht ... Als auch Ochs und Esel leise schnarchten, pirschte sich Samy leise bis zur Futterkrippe vor, in der das Christkind lag. Sachte stupste er das Baby mit seiner warmen feuchten Nase an. Es war noch wach und schmiegte sich an Samys haarigen Kopf. Die kleinen Hände griffen in das weiche Fell, und Samy getraute sich kaum, sich zu bewegen. So hielt er das Kind mit seinem Atem und seinem Fell warm. Bis zum Morgen.

Und weil Jesus sich auf Anhieb mit dem schwarzen Schaf verstand, schlossen auch Maria und Josef es ins Herz. Samy durfte bleiben. Und stand ab sofort neben Ochs und Esel im Stall. Von da an hatte das Christkind ein Herz für schwarze Schafe.

Tilman Kugler

Ein Streichholz, aber wie viele Kerzen?

ab 2 Personen
ab 8 Jahren
ca. 5 Minuten
Charakter: spannend, kniffelig, kein Wettbewerb
Material: ca. 20 Teelichter – 3-4 Schachteln Streichhölzer

20 Teelichter werden angesteckt und nach 30 Sekunden wieder ausgepustet. Diese Vorbereitung ist wichtig, denn neue Teelichter sind am Anfang etwas schwierig anzustecken, später brennen sie dann aber ganz schnell. Die Spieler haben die Aufgabe, mit nur einem Streichholz so viele Teelichter anzustecken wie möglich. Wer entfacht die längste Lichterkette?

Manche Spieler achten beim Anstecken nicht darauf, wie kurz das brennende Streichholz noch ist. Einige bekommen dann einen Schrecken und lassen das Streichholz fallen. Achte darauf, dass das Streichholz nicht auf den Teppich fällt. Lieber einen Raum nehmen, in dem sich kein Teppichfußboden befindet, oder ein großes Tablett nehmen, auf dem man das Streichholz fallen lassen kann.

Und sie hatten keine Plätzchen in der Herberge

ab 8 Personen
ab 8 Jahren
ca. 5-10 Minuten
Charakter: witzig-spannend, starker Wettbewerb
Material: für jeden Mitspieler ein „trockenes" Plätzchen

Und sie hatten keine Plätzchen in der Herberge. Das war damals. Heute haben wir so viele Plätzchen und Süßigkeiten, dass sie uns manchmal aus dem Hals raushängen. Manche pfeifen auch auf Plätzchen und essen nur Salziges. Wir wollen heute pfeifen und gleichzeitig Plätzchen essen, und das geht folgendermaßen:

Zwei gleich große Gruppen sitzen sich gegenüber. Jeder Mitspieler bekommt ein trockenes (!!) Plätzchen in die Hand. Die ersten beiden jeder Gruppe essen ihr Plätzchen auf (kauen, nicht das Plätzchen in einem runterschlucken) und versuchen anschließend zu pfeifen. Der Erste, der einen Pfeifton rausbekommen hat – das ist gar nicht so leicht bei den trockenen Plätzchen –, kann den zweiten Spieler aus dem Team „ins Rennen schicken". Dieser steckt sich sein Plätzchen in den Mund, kaut, schluckt, pfeift – und schickt den dritten Spieler ins Rennen usw.

Welche Gruppe ist als erste fertig?

Die verrückte Weihnachtsgeschichte

Familienbereich
ab 2 Personen
ab 10 Jahren
ca. 5-10 Minuten
Charakter: etwas verrückt und kompliziert, witzig-lustig, interessant, kein Wettbewerb
Material: Bleistift – irgendeine Weihnachtsgeschichte aus einem Buch/Heft

Du suchst dir irgendeine lustige Weihnachtsgeschichte aus einem Heft oder Buch aus, nimmst einen Bleistift und machst aus allen a ein ä, aus allen o ein ö und aus allen u ein ü. Dann liest du die Geschichte deinen Eltern oder auf einer Weihnachtsfeier vor, und später radierst du die Pünktchen wieder aus.

Hier ein kleiner Vorgeschmack einer Weihnachtsgeschichte. „Dräußen wär es sehr kält. Der See wär zügefrören, die Vögel pickten die letzten Sämenkörner im Vögelhäuschen, und die Kinder töllten mit ihrem Schlitten den Äbhäng herünter ..."

Flop-Top-Geschenke

ab 8 Personen
ab 8 Jahren
ca. 15-30 Minuten
Charakter: interessant, etwas verrückt, spannend, lustig, kein Wettbewerb
Material: Wecker – pro Person 2 Geschenke (siehe unten) – Würfel

Kurz bevor der Stehkrempel (anderer Ausdruck für Weihnachtsgeschenke) wieder zunimmt, kannst du zwei Sachen loswerden. Jeder bringt zwei Geschenke mit, eins, das er schon immer mal loswerden wollte, ein anderes, wovon er sich etwas schlechter trennen kann (komm, gib dir einen Ruck!).

Die Spieler sitzen um einen Tisch herum. In der Mitte stellt ihr einen Wecker auf und einigt euch darauf, wie lange ihr spielen wollt. Jetzt stellt jeder seine beiden Geschenke vor und beschreibt, was er an dem einen mag und warum er das andere gerne loswerden will. Nun legt jeder sein Flop-Geschenk rechts und das Top-Geschenk links von sich auf den Tisch. Anschließend geht's los mit würfeln.

Alle würfeln hintereinander, jeder einmal. Bei den Zahlen 2 bis 5 passiert nichts, wer eine 6 hat, muss sein Top-Geschenk einem anderen Spieler seiner Wahl überreichen. Als Ausgleich bekommt er aber dessen Top-Geschenk. Der gleiche Tausch findet mit den Flop-Geschenken statt, wenn jemand eine 1 würfelt. Die Geschenke können auch mehrfach hin- und herwandern.
Die Rund wird dann beendet, wenn der Wecker rappelt. Jeder muss dann mit zwei neuen, Flop-Top-Präsenten heimwackeln ...

Kerzenwettfahrt

ab 8 Personen
ab 6 Jahren
ca. 5-10 Minuten
Charakter: spannend, etwas kniffelig, starker Wettbewerb
Material: 2 Kerzen – 2 Bierdeckel oder kleine Schachteln – 2 Seile

Eine Kerze (Teelicht) wird auf einer kleinen Schachtel oder einem Bierdeckel „festgewachst", damit sie nicht umfällt. An der Schachtel / dem Bierdeckel wird ein Bindfaden befestigt. Das dabei entstehende Gefährt ziehst du hinter dir her und musst so möglichst schnell eine vorher abgesteckte Strecke hinter dich bringen.

Man kann das Spiel als Einzelrennen nach Zeit mit Stoppuhr durchführen oder – spannender – jeweils zu zweit oder sogar als Stafette. Der Spieler, dem die Kerze ausgeht, muss zur Startlinie zurück. Dort steckt er die Kerze wieder an und läuft von vorne los.

Kerze hinter der Hand

ab 8 Personen
ab 8 Jahren
ca. 5-10 Minuten
Charakter: spannend, interessant, kniffelig, starker Wettbewerb
Material: 2 Kerzen

Jeweils zwei Spieler bekommen eine brennende Weihnachtskerze in die Hand und müssen versuchen, die Kerze des anderen auszupusten. Dabei musst du allerdings aufpassen, dass du beim Angreifen nicht deine Flamme außer Acht lässt und sie aus Versehen selbst ausgeht. Natürlich darfst du deine Kerze auch hinter deinen Rücken halten, solange du damit dein Sweatshirt nicht verkokelst ...

Die Geschichte mit dem Stressfaktor

ab 10 Personen
ab 8 Jahren
ca. 5-15 Minuten
Charakter: spannend, kniffelig, starke Konzentration nötig, starker Wettbewerb
Material: Stuhl

Die Weihnachtszeit ist die Zeit des Geschichten-Vorlesens (oder -Erzählens). Heute hören wir eine Geschichte, bei der man sehr gut aufpassen muss ...

Zwei Mannschaften sitzen sich gegenüber. An einem Ende der beiden Reihen steht jeweils ein Stuhl oder ein Sessel. Die sich gegenübersitzenden Personen bekommen das gleiche Stichwort, wie z.B. VW – Nikolaus – Schäferhund – U-Boot – Tannenbaum – Briefkasten – Thomas Gottschalk – Charly Chaplin – Raiffeisenbank – 100 EURO – Christkind – Weihnachtsmann – Bundeskanzler usw. Jetzt beginnst du (spontan) eine Geschichte zu erzählen oder vorzulesen, in der die jeweiligen Stichworte vorkommen. Sobald eines der Stichworte genannt wird, müssen die beiden, die das Wort vorher bekommen haben, auf den Stuhl laufen und sich hinsetzen. Wer zuerst sitzt, dessen Gruppe bekommt den Punkt.

Natürlich darf niemand wissen, wann er drankommt, also nicht nach der Reihe die Wörter verteilen.

Weihnachts-Eins, -Zwei oder -Drei?

ab 12 Personen
ab 8 Jahren
ca. 5-10 Minuten
Charakter: starker Wettbewerb
Material: –

Im Raum werden drei Ecken ausgemacht: A, B und C. Jede Ecke entspricht einer Antwort. Jeder stellt sich nach einer Frage in die Ecke, von der er meint, dass die richtige Lösung zu ihr gehört.

Jeweils die erste Antwort unten ist richtig. Ihr solltet aber die Reihenfolge der möglichen Lösungen im Spiel selbst immer wieder wechseln, sodass die Spieler nicht immer die erste Antwort nennen.

1. Wie lang geht die Weihnachtszeit?
a) vom 1. Advent bis zum 6. Januar
b) vom 24. bis zum 26. Dezember
c) vom 1. Advent bis Silvester

2. Was heißt Advent?
a) Ankunft
b) Wiederkunft
c) Sammlung

3. Bilden die vier Adventssonntage den Beginn oder den Abschluss des Kirchenjahres?
a) Beginn
b) Abschluss
c) keins von beidem

4. An welchem Tag wird der Geburtstag Jesu gefeiert?
a) am 24./25. Dezember
b) am 6. Januar
c) am 19. Januar

5. Steht im Markus-Evangelium die Weihnachtsgeschichte?
a) nein
b) ja
c) ja, aber nur sehr kurz

6. In welchem Evangelium steht die Weihnachtsgeschichte?
a) Lukas
b) Matthäus
c) Johannes

7. Werden Ochs und Rind in der biblischen Weihnachtsgeschichte genannt?
a) nein
b) nur bei Lukas
c) bei Lukas und Matthäus

8. Werden Hirten in der Weihnachtsgeschichte genannt?
a) nur im Lukas-Evangelium
b) nur im Matthäus-Evangelium
c) bei keinem von beiden

9. Wo kommen ein Stern und Weiser bzw. Sterndeuter in der Weihnachtsgeschichte vor?
a) nur im Matthäus-Evangelium
b) nur im Lukas-Evangelium
c) bei beiden kommen sie vor

10. Wer ordnete die allererste Volkszählung an?
a) Augustus
b) Pilatus
c) Herodes

11. Was brachten die Hirten dem Jesuskind als Geschenk?
a) gar nichts
b) Gold, Weihrauch, Myrrhe
c) ein Schäfchen

12. Welches Lied sangen die Engel in der Heiligen Nacht?
a) Ehre sei Gott in der Höhe
b) Stille Nacht, heilige Nacht
c) Vom Himmel hoch

13. Wer suchte den neugeborenen König der Juden?
a) Magier und Sterndeuter
b) die Hirten vom Feld
c) die Heiligen Drei Könige

14. Welches Land gewährte der „Heiligen Familie" Asyl?
a) Ägypten
b) Galiläa
c) Mesopotamien

15. Seit wann werden in Deutschland Adventskränze gebunden?
a) erst in der letzten Zeit (seit ca. 1920)
b) seit der Reformation (ca. 1520)
c) es ist ein alter Brauch der Kirche

16. Wann gab es zum ersten Mal einen Adventskalender?
a) 1906
b) 1708
c) 1508

17. Sankt Nikolaus war ursprünglich ...?
a) ein Türke
b) ein Russe
c) ein Deutscher

18. Aus welchem Land stammt der Brauch, an Weihnachten Krippen aufzustellen?
a) aus Italien
b) aus Österreich
c) aus Bayern

19. Welcher berühmte Künstler hat zum ersten Mal einen mit Sternen und Lichtern geschmückten Tannenbaum gemalt?
a) Lucas Cranach d. Ä. (1472-1553)
b) Caspar David Friedrich (1774-1840)
c) Carl Spitzweg (1808-1885)

20. Was ist ein Barbarazweig?
a) ein blühender Kirschzweig
b) ein geschmückter Tannenzweig
c) ein Mistelzweig

21. Was ist der Weihnachtsstern?
a) eine südamerikanische Pflanze
b) der Halleysche Komet
c) ein traditionelles Weihnachtsgebäck aus Siebenbürgen

22. Welche der weihnachtlichen Symbolfiguren hat tatsächlich gelebt?
a) der Nikolaus
b) der Weihnachtsmann
c) die Heiligen Drei Könige

23. Wem verdanken wir das Bild des Weihnachtsmanns, wie wir ihn heute kennen – mit weißem Bart, rotem Mantel und weißem Pelz?
a) Coca-Cola
b) Struwwelpeter
c) Martin Luther

24. Wann beginnt in jedem Jahr die Herstellung von Schokoladen-Weihnachtsmännern?
a) im August
b) im Oktober
c) im Juni

25. Was ist der liebste Weihnachtsbraten der Deutschen?
a) Gans
b) Ente
c) Wild

26. Wie viele Tonnen nehmen alle Bundesbürger zusammen in der Weihnachtszeit zu?
a) ca. 90.000t
b) ca. 70.000t
c) ca. 30.000t

27. Was ist laut einer Umfrage das schlimmste Weihnachtsgeschenk?
a) alles, was erst zusammengebaut werden muss
b) alles, was dick macht
c) Kölnisch Wasser

28. Wie viele deutsche Zimmer-Tannenbäume werden in der Advents- und Weihnachtszeit ein Fall für die Feuerwehr?
a) ca. 6000
b) ca. 9500
c) ca. 3500

29. Wie viele Platten/CDs von „White Christmas" wurden bis heute verkauft?
a) 100 Millionen
b) 50 Millionen
c) 10 Millionen

30. Wie oft gab es im letzten Jahrhundert mitten in Westdeutschland (Frankfurt/Main) einen weißen Weihnachtsabend?
a) 25-mal
b) 50-mal
c) 12-mal

31. Lametta ...
a) ... kommt aus dem Lateinischen und heißt „feine Klinge"
b) ... soll an den Schweif der Sterne erinnern
c) ... war früher sehr wertvoll und auch als Krippengeschenk vorgesehen

32. Der Mistelzweig ...
a) ... wird vorwiegend in England über die Tür gehängt, und jeder Mann, der eine Dame hindurchgehen sieht, darf sie küssen.
b) ... hat einen stark wohlriechenden Geruch und wird vorwiegend in Kuhställen aufgehängt (deshalb auch Mistelzweig)
c) ... wird in der Weihnachtszeit denen geschenkt, die zu spät kommen, als Symbol für diejenigen, die damals zu spät an die Krippe kamen (Mist, zu spät!)

33. Printen ...
a)... sind ein besonderes weihnachtliches Gebäck aus Aachen
b)... stammt von dem Wort „sprinten" ab („schnell zur Krippe kommen!")
c) ... sind muslimische Paten

34. Die Christrose ...

a) … ist ein Hahnenfußgewächs

b) … ist ein Schneekristall

c) … ist eine Rose, die nur zu Weihnachten blüht

35. Glaskugeln wurden erfunden ...

a) … von geschickten Glasbläsern aus Thüringen

b) … in der weltbekannten Glasstadt Venedig

c) … als durch Bergkristall entwickelte Kugeln in Norwegen

Weihnachtsgeschichte ohne der – die – das

ab 2 Personen
ab 8 Jahren
ca. 5-10 Minuten
Charakter: interessant, kniffelig, starke Konzentration ist nötig, kein Wettbewerb
Material: –

Eure Aufgabe ist es, spontan eine Weihnachtsgeschichte zu erfinden und zu erzählen. Das Problem ist nur, dass die Worte „der", „die" und „das" in der Geschichte nicht vorkommen dürfen. Verspricht sich jemand, ist der Nächste dran. Wenn Leute nie Fehler machen, bekommen sie die Aufgabe, die Geschichte schneller zu erzählen, ohne sich zu stark auf „der, die, das" konzentrieren zu können. Aber Ohren gespitzt und aufgepasst, dass euch nichts entgeht!

Witze, Witze, Witze, Witze, Witze, Witze

In der Schule malen die Kinder die Weihnachtsgeschichte. Die Lehrerin fragt Fritzchen: „Wer ist denn der lachende kleine Bursche neben der Krippe?"
Fritzchen sagt: „Das ist Owie!"
Fragt die Lehrerin: „Wer ist denn Owie?"
Fritzchen meint: „Es heißt doch:, Stille Nacht, heilige Nacht, Owie lacht'!"

Mäxchens Stimme hallt durch das ganze Haus: „Lieber Weihnachtsmann, ich wünsche mir in diesem Jahr eine Eisenbahn, ein Auto, ein ..." Da kommt die Mutter hereingestürzt: „Sag mal, musst du hier so herumschreien? Meinst du denn, der Weihnachtsmann ist schwerhörig?"
„Der nicht, aber Opa nebenan!"
„Papa, was bekomme ich zu Weihnachten?"
„Das, was der Weihnachtsmann dir bringt."
„Den gibt es nicht!"
„Das ist ja blöd für dich ..."

Der Nikolaus, ein Engel und eine Gans treffen sich zu Weihnachten. Fragt die Gans: „Wie geht es euch?" Der Nikolaus: „Och, mein Rücken tut weh vom vielen Pakete-Schleppen." Der Engel stöhnt: „... und mir meine Flügel vom vielen Fliegen."
Da sagt die Gans: „Eure Probleme möchte ich haben!"

ABC

ab 1 Person
ab 8 Jahren
ab 5 Minuten
Charakter: interessant, kniffelig
Material: für jeden Mitspieler ein Blatt Papier und einen Stift

Stelle doch mal ein adventliches und weihnachtliches ABC zusammen. Schreib das ABC untereinander und schreib die Begriffe dahinter, die mit diesem Buchstaben anfangen und etwas mit Weihnachten zu tun haben. Wie weit kommst du?
Hier ein paar Beispiele:

A – Advent
B – Backen
C – Chaos
D –

Kerze mit Korken löschen

ab 2 Personen
ab 8 Jahren
ca. 5-10 Minuten
Charakter: spannend, kniffelig, etwas witzig, starker Wettbewerb
Material: 2 Korken – 2 Seile – 2 Kerzen

Binde einen Flaschenkorken an ein Seilende und steck dir das andere Seilende hinten in die Hose, sodass der Korken zwischen den Beinen hin- und herwedeln kann. Achte darauf, dass das Seil nicht zu kurz und nicht zu lang ist.

Eine nicht zu hohe Kerze wird auf einem Unterteller „festgewachst", sodass sie nicht umfallen kann. Jetzt stellst du dich breitbeinig über den Teller und versuchst, mit dem Korken die Kerze zu löschen.

Das Gleiche macht eine zweite Person mit einer eigenen Kerze. Wer von euch beiden hat als Erster seine gelöscht?

Schokolade erwürfeln

ab 4 Personen
ab 6 Jahren
ca. 10-20 Minuten
Charakter: spannend-witzig, interessant, etwas verrückt, starker Wettbewerb
Material: Messer – Gabel – Mütze – Schal – dicke Handschuhe – gut eingepackte Tafel Schokolade

Dieses Spiel ist schon so alt, dass es für manche schon wieder ganz neu ist. Die Spieler sitzen um einen Tisch. Die erste Person bekommt eine Mütze auf den Kopf, einen Schal um den Hals und dicke Handschuhe an. Mit Messer und Gabel muss diese Person versuchen, eine Tafel Schokolade, die in mehrere Lagen Zeitungspapier eingepackt und mit Bindfaden fest verschnürt und verknotet ist, „freizuschaufeln" und dann zu essen. Natürlich muss sie vorher versuchen, das Seil zu entknoten oder durchzuschneiden, bevor sie an die Schokolade rankommt. Und das alles mit dicken Winterhandschuhen. Die Schokolade darf nicht mit den Fingern zum Mund geführt werden, nur mit der Gabel!

So weit, so gut. Aber jetzt kommt's: Während die erste Person sich über die verpackte Schokolade hermacht, versucht die zweite Person mit einem Würfel eine „6" zu würfeln. Drei Versuche hat jeder. Wer keine „6" erwürfelt, gibt den Würfel an die nächste Person weiter, die wiederum dreimal würfeln muss usw.

Würfelt jemand eine „6", bekommt diese Person sofort die Mütze auf, den Schal um, die Handschuhe an, Gabel und Messer in die Hand und die Tafel Schokolade vorgesetzt und macht da weiter, wo die vorherige Person aufgehört hat.

Es brauchte ein Kind

Wir waren die einzige Familie mit Kindern in dem Restaurant. Ich setzte Erik in einen Hochstuhl und bemerkte, dass alle still aßen oder sich nur leise unterhielten. Plötzlich quietschte Erik fröhlich und rief „Huhu". Er hämmerte mit seinen dicken Babyfäusten auf die Ablage des Hochstuhls. Seine Augen waren weit aufgerissen vor Begeisterung, und sein Mund verzog sich zu einem zahnlosen Grinsen. Dann wackelte und kicherte er voller Fröhlichkeit. Ich schaute mich um und entdeckte die Ursache seines Entzückens. Es war ein Mann in einem ramponierten Lumpen von Mantel, schmutzig, schmierig und verschlissen. Seine Hosen waren ausgebeult, der Reißverschluss stand halb offen, und seine Zehen lugten aus etwas hervor, was wohl Schuhe sein sollten. Sein Hemd war schmutzig und sein Haar ungewaschen und ungekämmt. Seine Stoppeln waren zu kurz, um sie als Bart bezeichnen zu können, und seine Nase war so von roten Adern durchzogen, dass sie aussah wie eine Straßenkarte.

Wir waren zu weit von ihm entfernt, um etwas zu riechen, doch ich war mir sicher, dass er stank. Seine Hände winkten, und er rief Erik zu: „Hallo, Baby, hallo, großer Junge. Ich kann dich sehen, Bursche." Mein Mann und ich schauten uns an. „Was machen wir jetzt?"

Erik lachte weiter und antwortete: „Hallo, hallo, huhu." Jeder im Restaurant war inzwischen aufmerksam geworden und schaute zuerst uns an und dann den Mann. Der alte Kauz sorgte zusammen mit meinem wunderbaren Baby für eine gewaltige Störung. Unser Essen kam, und der Mann begann durch den Raum zu rufen: „Kennst du Backe, backe, Kuchen? Kuckuck, hier bin ich. Hey, er kennt den Kuckuck. Wie niedlich."

Niemand fand den alten Mann niedlich. Er war offensichtlich

betrunken. Mein Mann und ich waren verlegen. Wir aßen still vor uns hin – alle außer Erik, der für den bewundernden Penner sein ganzes Repertoire abspulte, welcher sich im Gegenzug durch seine niedlichen Kommentare erkenntlich zeigte.

Endlich hatten wir unsere Mahlzeit beendet und eilten in Richtung Ausgang. Mein Mann ging die Rechnung bezahlen und sagte zu mir, wir würden uns auf dem Parkplatz treffen. Der alte Mann saß nun genau zwischen mir und der Ausgangstür. „Herr, lass mich nur heil hier herauskommen, bevor er mich oder Erik anspricht", betete ich.

Als ich dem Mann näher kam, drehte ich ihm den Rücken halb zu, um an ihm vorbeizukommen, ohne den Gestank riechen zu müssen, der von ihm ausgehen mochte. Währenddessen lehnte Erik sich über meinen Arm und streckte ihm beide Ärmchen entgegen, ganz in der Position, wie Babys hochgenommen werden möchten.

Bevor ich es verhindern konnte, hatte Erik sich von meinem Arm in die Arme des Mannes fallen lassen. Plötzlich vollzogen ein sehr alter, übel riechender Mann und ein sehr junges Baby ihre Liebesbeziehung. Erik legte in einem Akt totalen Vertrauens sowie vollkommener Liebe und Hingabe seinen kleinen Kopf an die zerlumpte Schulter des Mannes. Die Augen des Mannes schlossen sich, und ich sah, wie Tränen unter seinen Wimpern hervorkamen. Seine von Schmutz, Schmerz und harter Arbeit gealterten Hände wiegten – behutsam, so behutsam – den Popo meines Babys und streichelten seinen Rücken. Keine zwei Geschöpfe haben sich jemals für eine so kurze Zeit so sehr geliebt. Von Ehrfurcht ergriffen, stand ich da. Der alte Mann schaukelte und wiegte Erik für einen Augenblick in seinen Armen. Dann öffneten sich seine Augen wieder und schauten direkt in die meinen. Er sagte mit fester, gebieterischer Stimme: „Passen Sie gut auf dieses Baby auf."

Irgendwie schaffte ich es, ein „Das werde ich" an dem Kloß in meiner Kehle vorbeizuquetschen. Er stemmte Erik von seiner Brust – unfreiwillig, sehnsüchtig, als würde er Schmerz empfinden. Ich nahm mein Baby in Empfang, und der Mann sagte: „Gott segne Sie, junge Frau. Sie haben mir mein Weihnachtsgeschenk gegeben." Ich konnte nicht mehr, als ein paar Worte des Dankes zu murmeln.

Mit Erik in meinen Armen rannte ich zum Auto. Mein Mann wunderte sich, warum ich weinte und Erik so eng umschlungen hielt und warum ich sagte: „Mein Gott, mein Gott, vergib mir!" Ich war gerade Zeuge der Liebe Christi geworden, gezeigt durch die Unschuld eines kleinen Kindes, das keine Sünde sah und kein Urteil fällte – ein Kind, das eine Seele sah; und eine Mutter, die eine Garnitur Kleidung sah. Ich war eine blinde Christin und hielt ein Kind in meinen Armen, das nicht blind war. Ich fühlte, dass es Gott war, der mich fragte: „Bist du bereit, deinen Sohn für einen Augenblick zu teilen?" – wo er doch den seinen für alle Ewigkeit mit uns geteilt hat. Der zerlumpte alte Mann hatte mich unwissentlich daran erinnert, dass wir, um in das Königreich Gottes einzutreten, wie kleine Kinder werden müssen.

Wir sind das Krippenspiel

Unsere Kirche hatte seit Jahren kein Krippenspiel mehr mit allem Drum und Dran aufgeführt. Erstens waren wir Weihnachten gegenüber ziemlich nüchtern und routiniert geworden und hatten es den Sonntagsschülern überlassen, das Fest nach eigenem Ermessen und auf Sparflamme zu begehen. Und dann war da auch die Erinnerung an das letzte Mal, als wir uns solche Mühe gegeben hatten. In der Woche, in der das Krippenspiel aufgeführt werden sollte, brachen gleichzeitig Masern, Windpocken und die asiatische Grippe aus. Am Abend des Krippenspiels herrschte ein stürmischer Schneeregen; mancherorts war der Strom ausgefallen, sodass bei manchen Leuten die Uhren stehengeblieben waren, und ein für die Aufführung entliehenes Schaf bekam Durchfall. Da war es fast schon normal, dass Josef und zwei der Heiligen Drei Könige sich während der Aufführung übergeben mussten und mehrere kleine Engel es zustande gebracht hatten, gleichzeitig zu weinen und sich in die Hose zu machen. Obendrein erzeugte der Teenagerchor, der unverantwortlich mit brennenden Kerzen umherwandelte, eher ein Gefühl der Angst vor einem Brand und dem Zorn Gottes als ein Gefühl von Frieden auf Erden.

Ich glaube, in Wirklichkeit war es gar nicht so schlimm, und vielleicht ist nicht alles in ein und demselben Jahr passiert, aber eine erkleckliche Anzahl älterer Kirchendamen hatte die Nase voll von dem ganzen Spektakel, und sie blockten jeden Vorschlag zu einem neuen Krippenspiel ab. Es war, wie wenn die Cholera wieder unter uns gewütet hätte und niemand das noch einmal durchmachen wollte.

Doch die Macht der Nostalgie ist groß, und sie verwirrte die Köpfe ebenjener älteren Damen, als sie über die Bitten jüngerer Mütter zu beraten hatten, die diese rituelle Marter nie erlebt hatten und sich durch nichts davon abbringen lassen wollten. Es war an der Zeit, dass ihre Kinder ihre Chance bekämen. Und binnen kurzem begaben sich lauter Leute, die es eigentlich hätten wissen sollen und auch besser wussten, daran, aus alten Betttüchern, Pappe und Hühnerfedern Engelskostüme anzufertigen. Für die Heiligen Drei Könige ließen sich nicht die richtigen Morgenröcke auftreiben, deshalb gingen einige Väter neue kaufen und fuhren mit einem Lieferwagen darüber, um sie ein wenig älter wirken zu lassen. Und einer jungen Mutter, die schwanger war, machte man liebevoll klar, was von ihr erwartet wurde: Anfang Dezember mit einem echten neugeborenen Kind aufzuwarten. Sie gelobte, sich anzustrengen.

Ein Engelschor wurde gesanglich auf Vordermann gebracht. Eine echte Krippe mit richtigem Stroh wurde angeschafft. Und während Einmütigkeit herrschte, dass man diesmal auf echte Schafe verzichten sollte, gelang es einer rührigen Seele, für den Abend zwei kleine Ziegen zu borgen. Der eigentliche Knüller aber war ein geliehener Esel, auf dem Mutter Maria Einzug halten sollte. Keiner von uns hatte je zuvor gesehen, dass ein leibhaftiger Esel durch einen Altarraum geritten wurde, und es schien damals eine prima Sache.

Wir machten ein Zugeständnis an die Vernunft und beschlossen, das Ganze am Sonntagmorgen bei vollem Tageslicht stattfinden zu lassen, damit wir alles überblicken konnten und kein Chorengel Angst vor der Dunkelheit bekam und weinte oder sich in die Hose machte. Auch keine Kerzen. Und keine Generalprobe. Bei solchen Aufführungen wird ohnehin mit einem gewissen Dilettantismus gerechnet, und keiner hatte Lust, das Ganze zweimal über sich ergehen zu lassen.

Der große Tag kam, und alle fanden sich in der Kirche ein. Selbst Ehemänner, die sich sonst nicht durch regelmäßiges Erscheinen hervortaten, kamen – vermutlich aus dem gleichen Grund, der sie zu einem Autobusunglück in der Nähe hingezogen hätte. Es war dann gar nicht so schlimm, wirklich nicht. Zumindest nicht von Anfang an. Die Ziegen rissen sich auf dem Parkplatz los und veranstalteten mit den Hirten ein regelrechtes Rodeo. Aber wir schmetterten die Weihnachtslieder mit voller Stimme, und der Engelschor schaffte seine erste große Nummer fast in der richtigen Tonart und im gleichen Takt. Der Stern von Bethlehem erstrahlte über der Krippe, und es wurde Zeit für den Einzug von Maria und Josef: Maria auf dem Lastesel, im Arm etwas, das sich später als Strohpuppe erwies (da die Schwangere überfällig war).

Der Esel war es, der uns ins Verderben führte. Der Esel machte zwei zögernde Schritte durch die Tür zum Altarraum, warf einen Blick auf die Szenerie und bockte. Die Beine stocksteif, versetzte er seinen ganzen Körper in einen krampfartigen Zustand, der eine Totenstarre bei weitem übertraf, und der Zug kam ruckartig zum Stehen.

Nun, es gibt Dinge, die man im Privaten erwägen würde, um einen Esel in Bewegung zu bringen, aber es gibt eine Grenze für das, was man an einem Sonntagmorgen in der Kirche in Gegenwart von Frauen und Kindern anstellen kann. Das Gezerre an seinem Halfter und ein paar böse Tritte der Jungfrau Maria zeigten keine Wirkung. Da erhob sich der Kuratoriumsvorsitzende, der in seinem besten Sonntagsstaat in der ersten Reihe saß, und kam uns zu Hilfe. Der Fußboden des Altarraums bestand aus poliertem Zement. Und während vorne jemand am Halfter zerrte, duckte sich der Kuratoriumsvorsitzende ans Steißende des Esels und schob an, und langsam glitt das störrische Biest über den Boden, Zentimeter für Zentimeter. Während solchermaßen Fortschritte erzielt wurden, stellte der Chorleiter den Kassettenrekorder an, der plärrend eine gewaltige Hymne des Mormon-Tabernacle-Chors, begleitet vom Philadelphia-Symphonieorchester, von sich gab. Gerade als der Esel und seine Mobilmacher in der Kirchenmitte anlangten, gab es einen Kurzschluss im Kassettenrekorder, und plötzlich war es still. Und in diese Stille drang von der Hinterseite des Esels eine wütende Stimme: „Beweg deinen Arsch, du Miststück!“, unmittelbar gefolgt von einer Stimme aus dem Hintergrund der Kirche – von der Frau des Eselschiebers: „Leon, halt deine dreckige Klappe!“ Und da schrie der Esel los. Hätten wir eine Wahl zum Esel des Tages abgehalten, wären mehrere Kandidaten nominiert worden. Und die Stimmen wären hübsch gleichmäßig verteilt gewesen.

Es ist so komisch, uns bei unserem Tun zu beobachten. Und obgleich mehrere Jahre vergingen, bis die Kirche wieder ein Krippenspiel veranstaltete, haben wir noch nicht das letzte gesehen. Die Erinnerung an das Gelächter überlebt eben die Erinnerung an die Mühsal. Und die Hoffnung – die Hoffnung macht uns jedes Mal glauben, dass es dieses Mal, dieses Jahr, richtig klappen werde. So ist es überhaupt mit Weihnachten, vermute ich. Es ist das wirkliche Leben – bloß von allem viel mehr auf einmal als sonst. Und ich nehme an, wir werden mit allem so weitermachen. Werden rasend und verwirrt und frustriert und sogar wahnsinnig werden. Und auch aufgeregt und hoffnungsvoll und stillvergnügt. Wir werden lachen und weinen und schmollen und grübeln. Werden ein bisschen betrunken werden und ausfallend. Uns umarmen und küssen und ein großes Theater veranstalten. Zu viel ausgeben. Und immer werden welche da sein, die sich übergeben und in die Hose machen. Wie immer werden wir nur ein paar Strophen singen, und diese meistens falsch. Wir werden es wieder und wieder und wieder tun.

Wir sind das Krippenspiel! Und ich finde, das Beste ist, es einfach geschehen zu lassen. Wie mindestens ein Mensch, den ich kenne, bezeugen kann, bringt es bloß Ärger, wenn man die Dinge zu sehr anschieben möchte.

Der kleine Baumwollfaden

Es war einmal ein kleiner Baumwollfaden, der war mit sich und der Welt unzufrieden. Er hatte Angst, dass es bei ihm einfach zu nichts reichte, so, wie er war: „Für ein Schiffstau bin ich viel zu schwach", sagte er sich, „und für einen Pullover zu kurz. Um an andere anzuknüpfen – dazu habe ich zu viele Hemmungen. Für eine Stickerei eigne ich mich auch nicht, denn dazu bin ich zu blass und farblos. Ja, wenn ich aus Lurex wäre, dann könnte ich eine Stola verzieren oder ein Kleid. Aber so? Es reicht einfach zu nichts! Was kann ich schon? Niemand braucht mich. Niemand mag mich. Und ich mag mich selbst am allerwenigsten."

So sprach der kleine Baumwollfaden, und dann legte er traurige Musik auf und fühlte sich ganz niedergeschlagen in seinem Selbstmitleid. Da klopfte ein Klümpchen Wachs an seine Tür und sagte: „Lass dich doch nicht so hängen, Baumwollfaden. Ich weiß etwas. Ich habe da eine Idee: Wir beide tun uns zusammen! Für eine lange Osterkerze bist du als Docht zwar zu kurz, und ich habe dafür nicht genug Wachs. Aber für ein Teelicht in der Adventszeit reicht es allemal! Das wärmt und macht ein bisschen heller. Es ist besser, ein kleines Licht anzuzünden, als immer nur im Dunkeln zu sitzen, zu schimpfen und zu jammern." Da war der Baumwollfaden ganz glücklich, tat sich mit dem Klümpchen Wachs zusammen und sagte: „Nun hat mein Dasein doch einen Sinn bekommen!"

Und wer weiß, vielleicht gibt es in der Welt noch mehr kurze Baumwollfäden und kleine Wachsklümpchen, die sich zusammentun, ein kleines Licht anzünden und leuchten?

Zum Schlittschuhlaufen muss man geboren sein

… denn wer nicht geboren ist, kann auch nicht Schlittschuhlaufen. Wenn du immer besser Schlittschuhlaufen lernen willst, musst du lernen loszulassen. Und du musst lernen hinzufallen. Stell dir jemanden vor, der sich 20 Jahre an der Brüstung festhält. Der lernt nie Schlittschuhlaufen. Was ihn hält, ist die Angst, denn wenn er loslässt, könnte er ja auf die Schnauze fallen.

Glauben ist wie Schlittschuhlaufen. Ich habe Angst, ob ich's schaffe, ob ich hinknalle?! Es gibt Leute, die sagen: „Ich habe an Gott geglaubt, es hat doch nichts gebracht, bin nur hingefallen, habe nur versagt: konnte meiner Mutter und meinem Bruder nicht vergeben, bin nur hingefallen, habe nur versagt; konnte die Hälfte aus der Bibel nicht verstehen, bin nur hingefallen, habe nur versagt; habe alle meine Zweifel behalten. Der Hauskreis und der Gottesdienst konnten meine Fragen auch nicht beantworten. Ich hab's doch probiert mit Gott, es geht halt nicht. Ich hab's doch versucht, ich bin nicht der Typ zum Schlittschuhlaufen, bin zu dick, zu dünn, zu unsportlich, zu ängstlich oder was auch immer. Wenn die anderen laufen, kann ja sein, dass die das besser hinkriegen als ich, aber ich bin nicht so der Typ dazu."

Und dann sehe ich Jesus auf der Eisfläche, und er ruft mir zu: „Komm mir entgegen, fass mich an, ich laufe mit dir, ich bleibe in deiner Nähe." Und dann laufe ich und falle hin. Die Leute lachen über mich. „Siehste, Jesus, jetzt lachen die über mich, weil ich versagt habe. Die nehmen mich doch nicht mehr ernst."

Und Jesus sagt: „Das habe i c h doch schon getan." „Was?" „Dich ernst genommen. Ich habe dich doch so ernst genommen, dass ich für dich gestorben bin, ich habe doch alles für dich gegeben. Damit du endlich frei wirst von dir, deinen Ansprüchen, deiner Angst vor Versagen und Nichtbeachtung. Du hast allen Grund, über dich zu lachen und dich darüber zu freuen, dass ich dich in jeder Situation liebe und dir wieder aufhelfe, du brauchst dich nicht mehr so ernst zu nehmen. Du kannst dich selbst loslassen, dann wirst du dich finden. Es ist wie beim Schlittschuhlaufen, erst wenn du immer mehr loslässt und dich nicht nur am Rand entlangschlängelst, wirst du langsam lernen, ein Schlittschuhläufer zu werden."

Markus 8, 35: Wer sich an sein Leben klammert, der wird es verlieren. Wer aber sein Leben für mich und für Gottes rettende Botschaft einsetzt, der wird es für immer gewinnen.

Der König und seine zwei Söhne

Ein König hatte zwei Söhne. Als er alt wurde, da wollte er einen der beiden zu seinem Nachfolger bestellen. Er versammelte die Weisen seines Landes und rief seine beiden Söhne herbei. Er gab jedem der beiden fünf Silberstücke und sagte: „Ihr sollt für dieses Geld die Halle in unserem Schloss bis zum Abend füllen. Womit, das ist euch überlassen." Die Weisen sagten: „Das ist eine gute Aufgabe!"

Der älteste Sohn ging davon und kam an einem Feld vorbei, wo die Arbeiter dabei waren, das Zuckerrohr auszupressen. Er dachte sich: Das ist eine gute Gelegenheit, mit diesem nutzlosen Zeug die Halle meines Vaters zu füllen. Mit dem Aufseher der Arbeiter wurde er sich schnell einig, und sie schafften das ausgedroschene Zuckerrohr in die Halle. Als sie gefüllt war, ging er zu seinem Vater und sagte: „Ich habe deine Aufgabe erfüllt. Auf meinen Bruder brauchst du nicht mehr zu warten. Mach mich zu deinem Nachfolger!"

Der Vater antwortete: „Es ist noch nicht Abend. Ich werde warten."

Bald darauf kam auch der jüngere Sohn. Er bat darum, das ausgedroschene Zuckerrohr wieder aus der Halle zu entfernen. So geschah es. Dann stellte er mitten in die Halle eine Kerze und zündete sie an. Ihr Schein füllte die Halle bis in die letzte Ecke hinein. Der Vater sagte: „Du sollst mein Nachfolger sein! Dein Bruder hat fünf Silberstücke ausgegeben, um die Halle mit nutzlosem Zeug zu füllen. Du hast nicht einmal ein Silberstück gebraucht und hast sie mit dem erfüllt, was die Menschen am nötigsten brauchen."

Traumbescherung

Ich hab mir etwas ausgedacht – dass mir keiner lacht!
Dieses Jahr zur Weihnachtszeit,
da beschenk ich weit und breit
alle Leut – ihr glaubt es kaum?
Jeder kriegt von mir 'nen Traum:
Raben, die Trompete blasen,
bring ich mit, karierte Hasen,
eine Fuhre Gummibärchen,
dreizehn Flaschen voller Märchen,
Bäume, die spazieren gehen,
Stunden, die ganz stille stehen,
Hunde, die sich reiten lassen,
frisch gebratenes Eis in Massen,
schnelle Autos für die Kinder,
einen Zauber-Wunsch-Zylinder,
Extra-Väter, nur zum Spielen,
Bälle, die von selber zielen,
eine Müllkippe zu Hause
und 'ne Limonadenbrause,
Betten, die im Dunkeln fliegen,
Masern, die wir niemals kriegen,
Sommerschnee auf Rodelwiesen,
aufblasbare bunte Riesen,
Feuerchen, die knisternd brennen,
Mütter, die nicht schimpfen können,
Badeseen an allen Ecken,
Lutschbonbons so lang wie Stecken,
Schulen, nur zum Lachenlernen,
Flugtaxen zu den Sternen,

Sofas zum Drauf-rum-Springen,
Lieder, die sich selber singen,
Pulver zum Unsichtbarmachen,
ein paar kleine, zahme Drachen,
Katzen, die auf Rollschuh'n rennen,
Morgenstunden zum Verpennen,
Wände, um sie anzumalen,
Nüsse ohne harte Schalen,
einen Löwen zum Liebkosen
und statt Ärger rote Rosen!

Gina Ruck-Pauquet

Das Weihnachtsevangelium des kleinen Markus

Ralf Dillinger hatte beschlossen, seinem Sohn Markus die Geschichte von der Geburt des Christkinds im Stall von Bethlehem zu erzählen. Zwar erschien ihm Markus mit seinen vier Jahren noch ein bisschen jung, um das Heilsgeschehen zu begreifen, aber da der Junge einen ungewöhnlich großen Gefallen an der Weihnachtskrippe gefunden hatte und Stunden davor zubringen konnte, wobei er hin und wieder eine der Figuren in die Hand nahm und eingehend betrachtete, meinte er, es sei vielleicht doch an der Zeit.

„Setz dich zu mir, Markus", sagte er, „ich will dir eine Geschichte erzählen. Keine aus dem Märchenbuch, sondern eine, die wahr ist. Hör gut zu: Es war zu der Zeit, als Kaiser Augustus ..."

„Was ist ein Kaiser, Papi?", unterbrach ihn der Junge.

„Also, ein Kaiser, das ist ein Mann, der ganz viel zu sagen und zu bestimmen hat, über viele Leute, die man Untertanen nennt ..."

„So wie der Herr Prattke?", fragte Markus.

Herr Prattke war der Chef von Herrn Dillinger, und Ralf erzählte manchmal von ihm, wie er dies und jenes anordnete, das ihm nicht recht passte. „Na ja", sagte Ralf Dillinger lahm, „ein Kaiser ist schon viel mächtiger als der Herr Prattke."

„Und du, Papi, bist du ein Untertan?"

„So kann man das nicht sagen", wehrte der Vater ab und schüttelte sich beim Gedanken an diese Bezeichnung.

„Also, Kaiser Augustus wollte einmal wissen, wie viele Menschen in seinem Reich lebten, und beschloss, sie zu zählen. Jeder musste in den Ort gehen, wo er geboren wurde, und sich dort melden. Da ging auch ein Ehepaar, die hießen Josef und Maria, in die Stadt Bethlehem, wo Josefs Eltern zu Hause gewesen waren."

„Maria heißt Frau Klemm, die Mutti manchmal ihre Kleider umändert."

Der Vater überhorte den Einwurf und wollte weitererzählen, aber Markus fragte plötzlich: „Wann war denn das, das mit dem Kaiser und dem Zählen?"

„Das ist sehr, sehr lange her."

„Noch länger, bevor Mutti ins Krankenhaus musste?"

„Lange davor. Also weiter. Maria erwartete ein Kind, und der weite Weg nach Bethlehem fiel ihr sehr schwer."

„Konnten sie denn nicht mit dem Flugzeug fliegen oder mit der Eisenbahn fahren?"

„Flugzeuge und Eisenbahnen gab es damals nicht. Als sie in Bethlehem angekommen waren, sie waren sehr, sehr müde, suchten sie einen Platz in einer Herberge."

„Was ist eine Herberge?"

„So etwas wie ein Hotel", sagte Herr Dillinger und hatte das Gefühl, sich einer unmöglichen Aufgabe unterzogen zu haben. Aber nun hatte er einmal angefangen und musste das auch durchstehen.

„Schließlich durften sie in einem Stall übernachten."

„Was ist ein Stall?"

„So etwas wie eine Garage. Nur sind da keine Autos drin, sondern Tiere, Ochs und Esel."

„Einen Esel kenne ich vom Tischleindeckdich."

„In der Nacht wurde das Kind geboren. Es war ein sehr schönes und liebes Kind, das Christkind, das dir alle Weihnachten die schönen Sachen bringt. Es hatte alle Menschen lieb: dich, mich und auch die Leute in Afrika und Amerika. Eben alle."

„Auch die bösen?"

„Ja, auch die bösen. Die besonders, denn es wollte, dass sie wieder gut wurden."

Uff, das wäre geschafft. Herr Dillinger hatte das Gefühl, einen riesigen Stapel Holz gesägt zu haben, und verzog sich ins Nebenzimmer, um ein bisschen auszuruhen.

Eine Stunde später öffnete er die Tür zum Kinderzimmer, in dem es ungewöhnlich still war. Da saß Markus, hatte seinen Teddy Brummi auf dem Schoß und sagte:

„Brummi, ich muss dir eine wahre Geschichte erzählen, hör gut zu. Bevor Mutti ins Krankenhaus musste, wollte ein Kollege von Herrn Prattke seine Untertanen zählen. Alle mussten dorthin gehen, wo ihr Vater zu Hause gewesen war. Sie gingen zu Fuß, weil kein Flugzeug flog und keine Eisenbahn fuhr, wahrscheinlich war Streik. Auch Josef und Maria, wahrscheinlich Frau Klemm, gingen nach Bettlerheim. Das war schlimm, denn Maria kriegte ein Baby. In Bettlerheim gab es in der ‚Traube' und im ‚Löwen' keinen Platz mehr. Da mussten sie in einer Garage übernachten, wo ein Ochs und ein Esel wohnten. In der Nacht wurde das Kind geboren. Es war das Christkind, und es hatte alle Leute lieb, Papi und Mutti und auch Herrn Hufnagel, der immer mit mir schimpft, wenn mein Ball in seinen Garten fällt, und der immer die Zweige von unserem Kirschbaum abschneidet, die zu ihm rüberhängen."

Vater Dillinger, der mit allerlei Skrupel und Bedenken zu kämpfen hatte, als er diese etwas seltsame Weihnachtsgeschichte hörte, wurde es auf einmal froh und leicht ums Herz. Zwar hatte Markus Orte, Zeiten und Namen völlig durcheinandergebracht, aber das, worauf es ankam, die Botschaft, hatte er verstanden. Aber wie stand es mit ihm, Ralf Dillinger? War es wirklich nötig, dass er und sein Nachbar wegen geringfügiger Lappalien in einer Dauerfehde miteinander lebten? Einer musste einmal den Anfang machen und Frieden schließen. Ralf Dillinger packte ein wenig von den guten Weihnachtsplätzchen, die seine Frau gebacken hatte, in eine Tüte, band ein Schleifchen darum und holte eine Flasche Wein aus dem Keller.

„Komm, Markus, wir gehen zu Herrn Hufnagel und wünschen ihm frohe Festtage."

„Hat dir das das Christkind gesagt?", fragte Markus.

„Da hast du recht", bekräftigte der Vater und läutete ein bisschen zaghaft an der Haustür des Nachbarn. Denn aller Anfang ist schwer.

Margarete Kubelka

Ich wünsche mir zu Weihnachten ...

ab 4 Personen
ab 8 Jahren
ca. 5-15 Minuten
Charakter: starke Konzentration nötig, kein Wettbewerb
Material: –

Noch ein uraltes, aber beliebtes Spiel. Es soll aber Leute geben, die es durch dauerndes Computerspielen nicht kennen. Und so funktioniert es: Ihr sitzt im Kreis. Der Erste sagt:
„Ich wünsche mir zu Weihnachten – ein paar Skier." Dann ist der nächste an der Reihe. Dieser – und alle anderen Spieler anschließend – müssen immer mit dem Satz beginnen: „Ich wünsche mir zu Weihnachten ..."

Bevor sie jedoch ihren eigenen Wunsch nennen, müssen sie zunächst alle Gegenstände der Spieler, die vor ihnen dran waren, in der richtigen Reihenfolge aufzählen. Wer die Gegenstände in der falschen Reihenfolge aufzählt oder einen Gegenstand vergisst, scheidet aus.

Rückenwünsche

ab 2 Personen
ab 8 Jahren
ca. 5-10 Minuten
Charakter: etwas kniffelig, ruhig, kein Wettbewerb
Material: –

Immer zwei Personen tun sich zusammen. Einer schreibt seinem Partner mit dem Finger auf den Rücken (stell dir vor, dein Zeigefinger wäre ein Stück Kreide und der Rücken deines Partners eine Tafel), was er sich zu Weihnachten wünschen würde, wenn Geld keine Rolle spielt. Wenn dein Spielpartner es nicht rausbekommt, schreibst du es noch zweimal auf den Rücken. Wenn er es dann immer noch nicht rausbekommen hat, liegt es sicher an deiner Sauklaue. Du solltest während der Winterferien Schönschreiben üben ...

Jetzt wechselt ihr die Plätze, und die andere Person kann sich auf deinem Rücken verwirklichen.

Geschenkeraten mit einem Eingeweihten

Familienbereich
ab 4 Personen
ab 8 Jahren
ca. 5-10 Minuten
Charakter: kniffelig-spannend, etwas verrückt, kein Wettbewerb
Material: für jeden Mitspieler Papier und Stift

Ob wirklich jemand dieses Spiel am Heiligen Abend spielt? Das geht nur in einer etwas größeren Runde und mit Oma, Opa, Tante, Onkel und „20 Geschwistern".

Jeder schreibt auf einen kleinen Zettel den Gegenstand, den er sich zu Weihnachten gewünscht hat. Anschließend wird der Zettel gefaltet, und alle Zettel werden in einem kleinen Karton eingesammelt. Der Spielleiter tut so, als wenn er seinen Zettel einwirft, behält ihn aber heimlich bei sich und steckt ihn erst später in die Tasche.

Jetzt sagt der Spielleiter, dass er, ohne die Zettel vorher gesehen zu haben, genau weiß, was auf ihnen steht. Er nimmt einen Zettel aus dem Karton, öffnet ihn nicht, hält ihn in der Hand und tut so, als wenn er versucht herauszubekommen, was auf dem Zettel steht. Nach einer Weile sagt er, dass auf dem Zettel „Bumerang" steht und fragt in die Runde: „Hat sich jemand einen Bumerang gewünscht?" Marcel, der vor dem Spiel eingeweiht wurde, tut ganz überrascht und sagt: „Ja, ich habe mir einen Bumerang gewünscht, wie hast du das denn rausbekommen?" –„Nun, das ist mein Geheimnis", sagt der Spielleiter. Jetzt öffnet er den Zettel in seiner Hand und bestätigt den anderen: „Ja, genau, hier hat Marcel ‚Bumerang' geschrieben."

In Wirklichkeit steht aber auf diesem Zettel nicht „Bumerang", sondern ein Gegenstand, den ein anderer aufgeschrieben hat, z. B. „Inlineskater". Diesen Gegenstand merkt der Spielleiter sich. Nun zieht er einen zweiten Zettel, lässt ihn verschlossen und versucht, ihn zu „entschlüsseln". Nach einer kurzen Weile sagt er: „Auf diesem Zettel steht ‚Inlineskater' drauf. Hat sich jemand diese gewünscht?" Die Person, die dies geschrieben hat, ist (hoffentlich) ganz verwirrt und erstaunt, dass der Spielleiter das rausbekommen hat (sie musste nicht eingeweiht werden). Wieder „überprüft" der Spielleiter den gefalteten Zettel, liest laut „Inlineskater" vor (in Wirklichkeit liest er den nächsten Gegenstand) usw.

Ganz Schlaue werden vielleicht verlangen, ihnen einen „überprüften" Zettel zu zeigen, um zu sehen, ob das wirklich draufsteht, was du sagst, aber das darfst du natürlich nicht tun, sonst würde der Trick ja auffliegen. Zum Schluss soll jeder versuchen rauszubekommen, worin der Trick lag.

Wenn ihn keiner rausbekommen hat, kannst du ihn ja den anderen verraten. Die Geschenke, die wir uns zu Heiligabend schenken, sind ja eigentlich nur ein Zeichen und Symbol, welches Geschenk Gott uns in Jesus gemacht hat. Um den Wert und den Sinn eines Geschenkes wirklich zu verstehen, muss ich es ja auspacken. Keiner lässt sein Geschenk unausgepackt in der Ecke stehen. Nur bei dem Geschenk „Jesus", da machen wir das. Den Jesus lassen wir in der Ecke verstauben und sagen dann noch: „Och, der macht keinen Spaß", bevor wir ihn wirklich „ausgepackt" und entdeckt haben. Meine Eltern haben Heiligabend immer eine Decke über die Geschenke gelegt, und irgendwann durften wir die Decke lüften, die Geschenke entdecken. Auch Jesus möchte von uns entdeckt werden, das Geheimnis Gottes in Jesus sollen wir kennenlernen. Und je mehr ich diesen Jesus entdecke, desto mehr lerne ich seine Liebe kennen, seine Geborgenheit und bedingungslose Annahme.

Weihnachtsplätzchen-Memory

Ihr backt Plätzchen, die auf der Unterseite gleich aussehen. Immer zwei bekommen auf der Oberseite ein Zeichen, einen Buchstaben, eine Zahl etc. Die Mutter legt die Plätzchen auf den Tisch und dreht alle um, der Vater mischt alle noch mal, ohne dass die anderen zuschauen. Jetzt kommen alle anderen Familienmitglieder dazu. Jeder darf der Reihe nach zwei Plätzchen umdrehen. Erwischt er zwei gleiche Zeichen, darf er die beiden Plätzchen essen. Zieht er verschiedene Zeichen, werden sie wieder umgedreht, und die nächste Person ist an der Reihe.

Geschenke-Parcour

Familienbereich
ab 2 Personen
ab 6 Jahren
ca. 5-30 Minuten
Charakter: etwas verrückt, witzig, spannend, interessant, kein Wettbewerb
Material: diverse Vorbereitungen (siehe unten)

Wie wär's mal mit einer Geschenke-Ralley zum Geburtstag oder zum nächsten Heiligen Abend?! Du suchst dir verschiedene Stellen im und außerhalb des Hauses, an denen du kleine Vor-Geschenke oder auch nur Zettel verstecken bzw. anbringen kannst. Das Geburtstagskind wird durch das Haus, den Garten, den Keller und die Garage gejagt auf der Suche nach dem Geschenk, und alle Familienmitglieder oder Geburtstagsgäste begleiten dich.

1. Zettel an der Kaffeemaschine: „Den nächsten Zettel findest du am Schlüsselbrett."

2. Schlüsselbrett: „Im Auto wartet eine kleine Überraschung auf dich."

3. Am Lenkrad kleben eine kleine Süßigkeit und ein Zettel: „Im Innendeckel der Altpapiertonne solltest du mal nachschauen ..."

4. Altpapiertonne: „Such im Keller einen Luftballon, lass ihn platzen und iss auf, was in ihm steckt."

5. Im Keller liegt ein aufgeblasener Luftballon, in ihm stecken ein paar Erdnüsse, am Luftballon klebt ein Zettel: „Im Eisfach des Kühlschranks wartet eine heiße Überraschung auf dich."

6. Kühlschrank: „Gutschein für eine heiße Tasse Kakao mit Sahne – weiter geht's am Briefkasten."

7. Briefkasten: „Geh zum Schlüsselfach, hol den Schlüssel und schließe auf."

8. Im Briefkasten liegen ein kleines verpacktes Geschenk und ein Zettel: „Unter dem Wohnzimmertisch geht's weiter."

9. Wohnzimmertisch: „Stell dich vor Mamis Bett, sing ein Lied und dann lüfte die Bettdecke."

10. Unter der Bettdecke – liegt endlich das eigentliche Geschenk.

Weitergeben

ab 8 Personen
ab 8 Jahren
ca. 5-20 Minuten
Charakter: spannend, interessant, kniffelig, witzig, starker Wettbewerb
Material: diverse Materialien, je nach Aktion (siehe unten)

Ich sitze manchmal in Fußgängerzonen auf der Erde mit einem Schild: „Ich wurde reich beschenkt, nimm dir was raus." Vor mir liegt eine Pappschachtel mit Geldmünzen. Wenn die Leute mich fragen, was das soll, sage ich ihnen, dass ich von Gott reich beschenkt bin mit Zeit und Kraft, mit Begabungen und Talenten, mit Geld und vielem anderen. Gott möchte, dass ich das nicht einfach nur für mich behalte, sondern weitergebe, weiterverschenke, meine Zeit zum Beispiel an Menschen, die mich brauchen. Das kann passieren, indem ich alte und behinderte Menschen besuche oder ausländischen Kindern die deutsche Sprache beibringe. Jemand sagte mal, dass die Liebe das Einzige ist, was sich vermehrt, wenn man es verschenkt.

Gott hat uns seine Liebe in Jesus vor 2000 Jahren geschenkt, und wer diese Liebe erfahren hat und erfährt, wird sie nicht für sich behalten. Gottes Liebe ist darauf angelegt, weitergegeben zu werden. Wie man was weitergibt oder dem Nächsten überreicht, kann ja sehr unterschiedlich sein. Heute versuchen wir eine etwas verrückte Weitergabe-Staffel. Sucht euch aus den unteren Beispielen ein paar Dinge aus:

- eine Murmel (Klicker) von Teller zu Teller weiterreichen (für die Profis: auch mehrere Murmeln gleichzeitig weitergeben)
- eine Tasse Wasser in die Tasse des Nächsten weiterschütten
- ein Geldstück von Handrücken zu Handrücken weitergeben, ohne die andere Hand dabei zu benutzen
- einen Tannenzapfen mit den Knien weitergeben
- einen Tennisball mit Teelöffel (kein Esslöffel) weiterreichen
- mit den Armen ein Buch weitergeben, ohne die Hände zu Hilfe zu nehmen
- mit den Füßen einen Putzlappen (über dem Fußboden) weiterreichen
- mit einem Strohhalm ein Stück Styropor weitergeben
- einen aufgeblasenen Luftballon auf den Kopf legen und vorsichtig auf den Kopf des Nachbarn „kippen“
- einen aufgeblasenen Luftballon mit zwei Gabeln (mit den Spitzen) weitergeben. Das Gegenüber nimmt den Luftballon mit den Spitzen seiner Gabel in Empfang
- die Hülle einer Schachtel Streichhölzer von einer Nase zur anderen Nase weitergeben

Fallen euch noch andere Möglichkeiten ein, etwas weiterzugeben?

Zeitenraten

ab 2 Personen
ab 10 Jahren
ca. 5-10 Minuten
Charakter: kniffelig, interessant, leichter Wettbewerb
Material: –

Wie schnell die Zeit vergeht! Und auch das Jahr geht wieder einmal zu Ende. Es gibt ja unterschiedliche Antworten auf die Frage, wie spät es ist.

Manche sagen 3/4 8,

- andere sagen 8.15 Uhr
- oder 20.15 Uhr,
- man könnte aber auch sagen 1 Stunde vor 1/4 nach 9
- oder 7.75 Uhr
- oder 15 Minuten vor halb neun.

Wer hat als Erster die „richtige" Uhrzeit genannt?

- 50 Minuten nach 13.20 = 14.10 Uhr
- 10 Minuten vor 5 Minuten nach 1 = 5 vor 1 oder 12.55 Uhr
- 20 Minuten nach 18.40 = 19 Uhr
- 180 Minuten nach 23 Uhr = 2 Uhr
- 1 Stunde vor 6 = 5 Uhr
- 20 Minuten nach 1/4 nach 13 Uhr = 13.35 Uhr
- 10 Minuten vor 20 Minuten vor 6 = 5.30 Uhr
- 2 Stunden nach 23 Uhr = 1 Uhr

- 35 Minuten vor 1/4 nach 9 = 8.40 Uhr
- 86 Minuten vor 1.26 Uhr = 0 Uhr
- halbe Stunde vor halb 9 = 8 Uhr
- 17.75 Uhr = 18.15 Uhr

Du kannst dir ja noch ein paar weitere verzwickte Zeitkombinationen ausdenken und deinen Eltern damit mal auf den Zahn fühlen bzw. auf den Wecker fallen.

Zeitung reißen

ab 2 Personen
ab 7 Jahren
ab 5 Minuten
Charakter: interessant, spannend
Material: alte Zeitungen

Jeder bekommt die Aufgabe, seinen Weihnachtswunsch aus Zeitungspapier zu reißen. Anschließend sollen die anderen erraten, was das sein soll. Eine weitere Spielidee mit alten Zeitungen: Ein kleiner Wettbewerb in kleinen Gruppen: Welche Gruppe hat innerhalb von 3 Minuten die meisten Sterne aus Zeitungspapier gerissen?

Schneeballschlacht im Trockenen

ab 2 Personen
ab 5 Jahren
ab 5 Minuten
Charakter: wild, witzig, etwas verrückt, kein Wettbewerb
Material: genug alte Zeitungsseiten

Es liegt ja nicht immer Schnee. Vielleicht hast du aber trotzdem Lust zu einer Schneeballschlacht?! Nimm einfach eine Doppelseite einer Zeitung, zerknülle sie zu einem (Schnee-)Ball, mache das Gleiche mit weiteren 50 Zeitungsseiten, und schon kann die Schneeballschlacht im Kinderzimmer beginnen.

Typisch Weihnachten

Du legst dieses Buch auf den Tisch, sodass drei Spieler die Aufzählung „Typisch Weihnachten" mitlesen können. Du kannst diese Seite auch kopieren und an jeden Mitspieler verteilen. Anschließend versucht ihr, die Fragen auf der nächsten Seite zu beantworten. Ihr könnt euch vorher ein Zeitlimit setzen, das erhöht die Spannung zusätzlich, z.B. 1 Minute, 5 Minuten, 15 Minuten ...

Bethlehem
Plätzchen
Schnee
Nikolaus
Schlitten
Rentiere
Tannenbaum
Familie
Wald
Sack
Glühwein
Weihnachtsmarkt
Stall
Schornstein
Geschenke
Pfefferkuchen
Engel
Mistelzweig
verschenken
Schneemann

Christkind
singen
Wunderkerze
Gabentisch
Lebkuchen
Adventskranz
Weihnachtsgottesdienst
Schmücken
Räucherkerze
Stiefel
Lichterkette
Mütze
Liebe
Kirche
Grippe
kochen
Schneehase
Adventskalender
Weihnachtsmann
Christbaumkugeln

Jesus
Lametta
Zimtsterne
Rotwein
Nussknacker
Streichhölzer
Vorfreude
Lichtmess
Gans
Kinder
Kamin
Maria
Punsch
Weihnachtszeit
Winter
Frau Holle
Eis
Schwippbogen
Kerzen
Schneekristall
Winterwald
Engel
Elch
Christvesper
Kerzenschein
Schlittenhunde
Sterne

Weihnachtspyramide
Hirten
Wunderkerze
Rute
Christbaumkugeln
Krippenspiel
Flöte
Oh du fröhliche
Spekulatius
Glatteis
Adventszeit
24. Dezember
Christmette
Weihnachtskonzert
Plätzchen backen
Verwandtschaft
Stille
Dominosteine
Handschuhe
Glaskugeln
Josef
Mandarinen
Bescherung
Besinnlichkeit
Marzipan
Mitternachtsmesse
Zeit

Knecht Ruprecht
Weihnachtsbäckerei
Josef
Christstollen
Kirchenglocken
Geburt
heißer Tee
Tannenduft
Wunschzettel

3 Könige
Geschenkpapier
Vorweihnachtszeit
Herzen
Frieden
Nadelbaum
Schneemann
Räuchermännchen
Typisch Weihnachten

Jetzt beantwortet diese Fragen:

Welches Wort ist das kürzeste?
Welches Wort ist das ruhigste?
Welches Wort ist das schwierigste?
Welches Wort kommt zweimal vor?
Welches Wort ist das schnellste?
Was kann man essen?
Was kann man anziehen?
Was ist eine Krankheit?
Welche Personen findest du?
Was ist am hektischsten?
Welches Wort beschreibt kleine braune Quaderteile?

Welches Wort ist das längste?
Was ist eine Flüssigkeit?
Was kostet kein Geld?
Was ist am teuersten?
Was ist am leichtesten?
Was ist am gefährlichsten?
Was ist am größten?
Welche Tiere kommen vor?
Welche Gewächse kommen vor?
Was ist am schmutzigsten?
Kannst du ein Holz mit Löchern drin finden?
Was ist der Name eines Liedes?
In welchem Wort kommt das Wort „Stall" vor?
Was beschreibt einen Börsenkeks?
Was ist der heißeste Gegenstand?
Was ist der lauteste Gegenstand?
Was ist der älteste Gegenstand?
Welcher Gegenstand besteht aus Holz?
Wie oft kommt das Wort „Weihnacht" vor?

(Auflösung am Ende des Buches)

Rätselhafte Weihnacht

1. Ein Weihnachtswichtel sitzt des Nachts bei Kerzenschein am Tisch und schreibt drei Weihnachtsbriefe an drei verschiedene Freunde. Er hat gerade die Umschläge fertig adressiert, als ein Luftstoß seine Kerze auspustet. Da er zu faul ist, die Kerze neu zu entzünden, tütet er die Briefe im Dunkeln per Zufall in die drei Umschläge ein. Je Umschlag ein Brief. Wie groß ist die Chance, dass er per Zufall genau zwei von drei Briefen in den richtigen Umschlag gesteckt hat? (Eingabe als Zahl ohne Komma und Prozentzeichen – Nachkommastellen weglassen.)

Lösung: Es ist nicht möglich, dass genau zwei von drei Briefen im richtigen Umschlag gelandet sind – der dritte müsste dann auch im richtigen Umschlag gelandet sein. Die Wahrscheinlichkeit liegt folglich bei null.

2. Diesmal schickt der Weihnachtsmann den Wichtel in den Keller, um schnell noch drei rote Weihnachtskugeln für den Christbaum zu holen. Im Keller angekommen, stellt der Wichtel mal wieder fest, dass das Licht nicht funktioniert – es ist stockfinster. Er kann im Dunkeln nicht unterscheiden, welche Farbe eine Weihnachtskugel in seiner Hand hat. Er weiß aber, dass im Schrank genau elf rote, fünf blaue und zwei silberne Kugeln liegen. Vorsichtig tastet sich der Wichtel zum Schrank vor. Wie viele Kugeln muss er mindestens mit nach oben nehmen, damit auf jeden Fall drei rote mit dabei sind?

Lösung: Der Wichtel muss zehn Kugeln holen, um sicherzugehen. Bei nur sieben Kugeln wäre es möglich, dass alle Kugeln blau und silbern sind.

3. Ein Junge öffnet eine Tür, die er eigentlich nicht öffnen darf, und entwendet einen Gegenstand. Danach schließt er die Tür wieder sorgfältig. Am nächsten Morgen öffnet der Junge dieselbe Tür erneut, aber lässt sie diesmal offen stehen. Aus welchem Material war der Gegenstand?

Lösung: Schokolade. Der Junge hat seinen Adventskalender einen Tag im Voraus geplündert.

4. Ludwig hat 200 rote und weiße Kerzen für Weihnachten. 99% der Kerzen sind rot. Ludwig möchte gerne so lange erst einmal rote Kerzen verwenden, bis der Anteil roter Kerzen auf 98% gesunken ist. Wie viele rote Kerzen muss Ludwig abbrennen?
(Tipp: Es sind natürlich nicht 98% von 200 Kerzen, sondern 98% der noch vorhandenen Kerzen gemeint.)

Lösung: Ludwig hat 198 rote und 2 weiße Kerzen. Wenn er 100 rote Kerzen abbrennt, hat er noch 98 rote und 2 weiße Kerzen.

Vom König, der Gott sehen wollte

In einem fernen Land lebte einmal ein König. Der König wurde alt und sehr traurig.

Er wollte gar nichts mehr tun. „Seht", sagte er, „in meinem Leben habe ich alles erlebt, was man erleben kann. Ich habe viel gesehen, gehört und erfahren. Nur eins habe ich nicht gesehen in meinem ganzen Leben: Gott habe ich nicht gesehen. Ihn möchte ich noch sehen, bevor ich sterbe."

Deshalb befahl der König allen mächtigen Leuten, den Weisen und Priestern: „Zeigt mir Gott! Ihr habt dafür drei Tage Zeit. Wenn ihr es nicht schafft, werdet ihr schwer bestraft!"

Alle Bewohner des königlichen Palastes waren sehr traurig. Sie warteten auf ihren Tod. Genau nach drei Tagen rief der König alle vor sich. Aber keiner öffnete den Mund. Der König war sehr zornig. Er wollte das Todesurteil aussprechen.

Da kam ein Hirte vom Feld heim. Er hatte den Befehl des Königs gehört und sagte: „Erlaube mir, König, deinen Wunsch zu erfüllen!"

„Gut", sagte der König, „aber denk daran, es geht um deinen Kopf!"

Der Hirte führte den König auf einen freien Platz und zeigte ihm die Sonne. „Sieh in die Sonne", sagte er. Der König hob seine Augen und wollte hineinsehen. „Ich werde ja ganz geblendet, willst du mich umbringen?", fragte der König. „Aber König", sagte der Hirte, „das ist doch nur ein kleines Ding der Schöpfung. Wie ein kleiner Funke eines großen Feuers. Gott ist noch viel größer. Wie

willst du mit deinen schwachen Augen Gott sehen? Suche ihn mit anderen Augen!"

Das gefiel dem König. Er fragte den Hirten: „Was war vor Gott?" Der Hirte dachte nach und sagte dann: „Fang an zu zählen!" Der König begann: „Eins, zwei, drei…."

„Nein, nein", unterbrach ihn der Hirte, „nicht so. Fange mit dem an, was vor eins kommt!"

„Wie kann ich das denn? Vor ‚eins' gibt es doch nichts."

„Sehr klug gesprochen", sagte der Hirte. „Auch vor Gott gibt es nichts."

Diese Antwort gefiel dem König noch besser. „Ich werde dich reich beschenken, wenn du mir noch eine dritte Frage beantworten kannst: Was macht Gott?"

Der Hirte merkte, dass das Herz des Königs weich geworden war. „Gut", sagte er, „auch darauf will ich dir antworten. Nur um eins bitte ich dich: Lass uns für eine kurze Zeit die Kleider tauschen."

Der König legte die Zeichen seiner Königswürde ab und kleidete damit den Hirten. Er selber zog dessen kaputte und schmutzige Kleider an und hängte sich die Hirtentasche um. Der Hirte setzte sich auf den Thron, nahm das Zepter und zeigte damit auf die Stufen des Throns. Dort stand der König mit seiner Hirtentasche. „Siehst du, das macht Gott! … In Jesus Christus wurde der große Gott selbst ein Mensch. Er stieg von seinem Thron herab und kam als kleines Kind in einem Stall zur Welt. Ja, er nahm für uns sogar den Tod auf sich, den Verbrechertod am Kreuz."

Der Hirte zog wieder seine eigene Kleidung an. Der König stand lange da und dachte nach. Die letzten Worte des Hirten gingen durch seinen Kopf. Plötzlich aber wurde er froh und sagte: „Jetzt sehe ich Gott."

nach Leo N. Tolstoi

Der schöne, moderne Luftmatratzengummiweihnachtsbaum

Vor langer Zeit, als der Winter die Felder mit leuchtend weißem Schnee überzog, lag auf einem Dachboden eine bunte Luftmatratze. Sie fror sehr in dem unbeheizten Raum, aber mehr als die Kälte nagte an ihr, dass sie vollkommen nutzlos war. Im Sommer lag sie am Strand, Kinder warfen sie ins Wasser, um auf ihr herumzudümpeln, jeder beschäftigte sich mit ihr. Jetzt beachtete sie keiner; überflüssig, wie Schaufeln, Siebe, Förmchen oder Eimerchen im Winter nun einmal sind, langweilte sie sich.

Kaum hatte sie sich eine Weile gelangweilt, wurde sie neidisch. Sie dachte an alle Dinge, die im Winter nützlich sind. Schals, Mützen und Handschuhe. Stulpen, Skier, Schlitten, Schneeketten, Schlittschuhe, Schärpen und Moonboots. Sie kannte das alles nur vom Hörensagen. Einen Schlittschuh bekommt eine Luftmatratze nie zu Gesicht, weil sie nie gleichzeitig auf dem Dachboden sind. Aber schon das Wort machte sie neidisch, sie sprach es langsam aus, betonte jede Silbe: „Schl-itts-chuhe." Sie konnte nicht besonders gut buchstabieren, verstand auch nichts von Silben, aber das Wort hatte dennoch einen außergewöhnlichen Klang. Oder sagte man „Schl-it-tschuhe"? Es gab so viele Dinge, die im Winter beliebt waren, dass sie alles sein wollte, nur keine Luftmatratze.

„Keiner kann mich brauchen, keiner hat mich lieb!", knurrte sie bei sich, während sie vor Neid fast grün anlief. Am meisten ärgerte sie der stolze Weihnachtsbaum. Natürlich wusste sie nicht, wie er aussah, aber vor ein paar Tagen hatte sie ein Gespräch mitgehört. Die Eltern standen genau unter der Klappe zum Dachboden. Weit entfernt vom Kinderzimmer, dachten sie, dass niemand ihre Unterhaltung hören würde. Durch die Zimmerdecke konnte die Luftmatratze nicht alles verstehen, aber immerhin drangen Satzfetzen auf den Dachboden herauf.

„... Zimmerdecke ... Kerzengrade, ein sattes Grün ...", sagte eine männliche Stimme, die wohl dem Vater gehörte. „Wunderbar ... so einen Schönen hatten wir noch nie", antwortete die Mutter.

„Dieser Lümmel", ereiferte sich die frierende Matratze und hätte wohl gern auch schlimmere Worte benutzt, aber sie kannte keine. „Alles dreht sich nur noch um den. So ein Wichtigtuer!" Auch ihre Gedanken drehten sich nur noch um den Baum. Sie zerquälte sich selbst, während sie versuchte, sich einen Weihnachtsbaum vorzustellen. Am Strand gab es keine Bäume, aber manchmal spielten die Kinder im Sommer auch auf der Wiese vor dem Haus mit ihr. Da gab es einige Eichen und Buchen. Sie malte sich eine kerzengerade Buche aus, die bis zur Zimmerdecke reichte. Ihre dichtbelaubten Zweige füllten das ganze Wohnzimmer aus. Die Luftmatratze legte ihre wasserabweisende Außenhaut vor Abscheu in Falten. Wie sie es auch drehen und wenden mochte, der Weihnachtsbaum sah lächerlich aus.

Überhaupt war ein Baum einfach nur alt. Die Buche war bestimmt schon aus dem letzten Jahrhundert. Sie selbst war doch viel schöner als dieser alte – Baum (sie konnte das Wort kaum aussprechen, weil sie so eifersüchtig war).

„Ich bin modern, neu und schön. Dieser Wichtigtuer sieht bestimmt aus, wie alle Bäume immer aussehen. Ordinär. Pah!" Immer mehr steigerte sie sich in ihr Selbstmitleid hinein, bis sie dachte, die ärmste Luftmatratze auf der ganzen Welt zu sein.

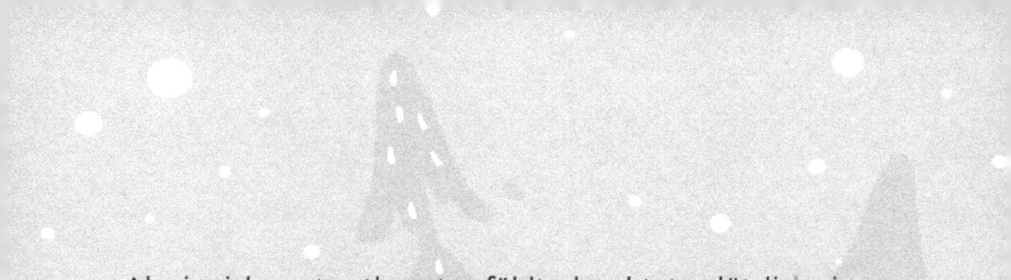

Als sie sich am trostlosesten fühlte, leuchtete plötzlich ein helles Licht auf dem Dachboden auf. Erst war es ganz klein. Ein Glühwürmchen, dachte sie, verbesserte sich aber sofort, als ihr einfiel, dass es im Winter keine Glühwürmchen gibt.

Da ihr kein besserer Vergleich einfiel, sah sie einfach zu, wie das Licht immer größer wurde. Ein Bein kam heraus, dann ein Flügel, zwei Arme. Schließlich stand ein ausgewachsener Engel vor ihr. Er war so groß, dass er sich in der niedrigen Schräge bücken musste. Seine Flügel waren mit weißen Federn bedeckt. Schlagartig veränderte sich die Stimmung der Luftmatratze. Der Engel war so schön, dass sie einen Moment lang ihr Unglück vergaß. Er sprach sie mit einer Stimme an, die gleichzeitig von allen Seiten zu kommen schien: „Freue dich, ich verkündige dir große Freude. Bald ist Weihnachten!" Ohne es wirklich zu wollen, begann sie, sich zu freuen. Die Freude breitete sich aus ihrem Inneren heraus aus, bis sie ganz von ihr erfüllt wurde. Ein Engel stand vor ihr! Jetzt war alles möglich.

„Ich habe ein Geschenk für dich", sagte – nein, sprach der Engel, denn Engel reden nicht einfach, sie sprechen. „Einen Wunsch, nur einen, also sei vorsichtig, geh weise mit ihm um."

Einen Wunsch ... Die Luftmatratze konnte es kaum glauben. Das Herz schlug ihr so wild in der mittleren Kammer, dass sie kaum etwas erwidern konnte. Schließlich nahm sie sich zusammen und sagte mit piepsiger Stimme: „Ich, ich wäre gern ein Weihnachtsbaum, damit mich alle wieder mögen." Schnell fügte sie noch hinzu: „Aber nicht so ein ordinärer, altmodischer! Ein moderner, schöner!"

Kaum hatte sie ihren Wunsch geäußert, verschwand der Engel. Es zischte kurz, das Licht zog sich zusammen, weg war er. Die unglückliche Luftmatratze wagte kaum zu atmen. War sie wirklich ein Baum? Ein schöner, moderner Weihnachtsbaum?

Ihr müsst wissen, dass auch ein Engel nichts nützt, wenn man nicht auch Glück hat. So wäre die Geschichte um ein Haar doch noch schlecht ausgegangen. Was hätte es ihr genutzt, ein schöner, moderner Weihnachtsbaum zu sein, wenn niemand sie gefunden hätte? Noch schlimmer wäre es gewesen, wenn sie erst im Sommer entdeckt worden wäre, wenn Weihnachtsbäume nicht mehr gebraucht werden.

Doch der Luftmatratzenweihnachtsbaum hatte Glück.

Plötzlich flog die Tür auf, und eilige Kinderfüße tapsten in der Abstellkammer umher. „Mami, Mami, ich kann die Christbaumkugeln nirgends finden! Aber – oh!"

Sie hatten sie entdeckt! Modern und schön lag sie da, ein luftloser Gummiweihnachtsbaum. Die Kinder näherten sich staunend, hoben sie hoch, betrachteten sie von allen Seiten. So etwas hatten sie noch nie gesehen.

„Das ist ja ein Weihnachtsbaum!", riefen sie. Staunend trugen sie den schlaffen Baum nach unten in das Wohnzimmer, um ihn dem Vater zu zeigen. „Bitte, Papi, lass uns doch diesen Baum nehmen! Der andere ist doch doof. Der piekt!"

Richtig, dachte der Luftmatratzengummiweihnachtsbaum, der ist doof.

Niemand konnte sich erklären, wie der Baum auf den Dachboden gekommen war, aber schließlich gab der Vater nach. Der alte – echte – Weihnachtsbaum wurde traurig herausgetragen. Der moderne Gummiluftmatratzenweihnachtsbaum blähte sich immer mehr auf, bis er aufgeblasen mitten im Zimmer stand. Die Mutter musste schon etwas lächeln, als sie den Gummibaum sah, schimpfte aber nicht. Sie sagte nur: „Seid vorsichtig beim Schmücken, damit er nicht kaputtgeht.“ Die Gummiäste waren schwieriger zu dekorieren als bei einem richtigen Baum. Dennoch gelang es den Kindern, ihn mit allem zu behängen, was an einen Weihnachtsbaum gehört. Kerzen, Kugeln und der große Stern fanden ihren Platz. Selbst etwas Lametta hatten sie mit Tesafilm auf die glatten Gummizweige geklebt. Oh, die zum Weihnachtsbaum gewordene Luftmatratze war sehr stolz; alle beachteten sie, jeder mochte sie, sie war der Mittelpunkt des Festes.

Schließlich war es Zeit für die Bescherung. Kinder, Omas, Opas, Mutter, Vater und sogar die alte Uroma versammelten sich um den Gummiweihnachtsbaum. Die Augen der Kinder leuchteten, als sie ihre Geschenke öffneten. Vor Freude über die schönen neuen Spielsachen tobten sie – die Ermahnungen missachtend – wild in der Stube umher. Der Weihnachtsgummibaum aber stand die ganze Zeit still da. Er war glücklich, nicht allein in der Abstellkammer geblieben zu sein.

Leider währte das Glück nicht lange. Eines der Kinder stieß beim Toben gegen den Baum. Einen geschockten Augenblick wirkten alle wie versteinert. Dann sprangen sie auf: Omas, Opas, Vater, Mutter, selbst die alte Uroma schrien gleichzeitig: „Neeeeeeeiiiiiiiiinnnnnnn!“ Aber da war es auch schon zu spät. Einer der prall mit Luft gefüllten Zweige hing über einer Kerze. Die Flamme brannte sich schnell durch die wasserabweisende Außenhaut. Einen Augenblick erschrak der schöne, moderne Gummiluftmatratzenweihnachtsbaum, dann platzte er mit einem lauten Peng!

So laut war der Knall, dass sich alle im Raum die Ohren zuhielten. Der Baum lag auf dem Boden wie ein sterbendes Tier. Ein bisschen Luft war ihm noch geblieben, aber auch diese strömte schnell durch die Löcher. Während er seine letzte Luft aushauchte, dachte der moderne Baum an sein langes, erfülltes Leben als Gummiluftmatratze. Er sah viele Sommer an sich vorbeiziehen. Kinder, die mit ihm schwammen, Erwachsene, die sich sonnten, hatten sein Leben bereichert. Auf einmal wollte der Baum kein Baum mehr sein. Er wollte nur noch er selbst sein: eine Luftmatratze.

Man ist am glücklichsten so, wie man ist, dachte sie und hauchte ihre letzte Luft aus.

Carsten „Storch" Schmelzer

Die Weihnachtsgeschichte nach Lukas mit „Fählern" – Wer findet sie?

Markus 2

1 Es begab sich aber zu der Zeit, dass ein Verbot von dem Kaiser
Cäsar ausging, dass alle Welt geschätzt wurde. 2 Und diese
Schätzung fand erst zum zweiten Mal statt und geschah zur
Zeit, da Quirinius Oberst in Zypern war. 3 Und Maria und Josef
gingen, dass sie sich schätzen ließen, ein jeder in seine Stadt.
4 Da machte sich auf auch Josef aus Nazareth, aus dem Bezirk
Galiläa, in das römische Land zur Stadt Davids, die da heißt
Jerusalem, weil er aus dem Hause und Geschlechte Davids war,
5 damit er sich schätzen ließe mit Maria, seinem frisch vermähl-
ten Weibe; die war im 4. Monat schwanger. 6 Und als sie dort
waren, kam die Zeit, dass sie gebären sollte.

7 Und sie gebar ihren zweiten Sohn und wickelte ihn in eine
Krippe und legte ihn in eine Windel; denn sie hatten sonst kei-
nen Raum in der Herberge. 8 Und es waren Könige in derselben
Gegend auf dem Felde bei den Hirten, die hüteten des Nachts
ihre Herde. 9 Und die Engelschar des Herrn trat zu ihnen, und
die sangen voller Klarheit: „Fürchtet euch nicht!" 10 Und der En-
gel sprach zu ihnen: Fürchtet euch nicht! Siehe, ich verkündige
euch große Gnade, die allen Gottesfürchtigen widerfahren wird;
11 denn euch ist heute Jesus geboren, welcher ist Christus, der
Herr, in der Stadt Bethlehem. 12 Und das habt zum Zeichen: Ihr
werdet finden das Kind in Windeln gewickelt und in einer Grippe
liegen. 13 Und alsbald war da bei dem Engel die Menge der
himmlischen Heerscharen, die lobten Gott und sprachen:

14 Ehre sei Gott in der Höhe und Friede auf Erden bei den
Menschen seines Wohlgefallens. 15 Und als die Engel von ihnen
gen Himmel fuhren, sprachen die Hirten untereinander: Lasst

uns nun gehen zur Krippe und das Kindlein sehen, so wie die Weisen kundgetan. 16 Und sie kamen langsam und still und fanden beide, Maria und Josef, dazu das Kind in der Herberge liegen. 17 Als sie es aber gesehen hatten, breiteten sie das Wort aus, das zu ihnen von diesem Kinde gesagt war. 18 Und alle, vor die es kam, freuten sich über das, was ihnen die Weisen gesagt hatten.

19 Josef aber behielt alle diese Worte und bewegte sie in ihren Gedanken. 20 Und die Hirten kehrten wieder um und erzählten allen, was sie gehört und gesehen hatten, wie denn zu ihnen gesagt war. 21 Und als sechs Tage um waren und man das Kind taufte, gab man ihm den Namen Christus, wie er genannt war von dem Engel, ehe er im Mutterleib empfangen war.

(Auflösung am Ende des Buches!)

Das Original

Nimm dir eine Bibel und ergänze die fehlenden Worte:

Zu jener Zeit ordnete Kaiser _________ an, dass alle Bewohner des römischen Reiches in Steuerlisten erfasst werden sollten. Es war das erste Mal, dass so etwas geschah. Damals war Quirinius _________ der Provinz Syrien. So zog jeder in die Heimat seiner Vorfahren, um sich dort eintragen zu lassen. Auch Josef machte sich auf den Weg. Von _________ in Galiläa ging er nach _________, das in Judäa liegt. Das ist der Ort, aus dem König David stammte. Er musste dorthin, weil er ein Nachkomme Davids war.

_________, seine Verlobte, ging mit ihm. Sie erwartete ein Kind. Während des Aufenthaltes in _________ kam für sie die Zeit der Entbindung. Sie brachte einen Sohn zur Welt, ihren Erstgeborenen, wickelte ihn in _________ und legte ihn in eine _________ im Stall. Eine andere Unterkunft hatten sie nicht gefunden.

In der Gegend dort hielten sich Hirten auf. Sie waren in der Nacht auf dem Feld und bewachten ihre Herde. Da kam ein Engel des Herrn zu ihnen, und die Herrlichkeit des Herrn umstrahlte sie. Sie fürchteten sich sehr; aber der Engel sagte: „Habt keine _________! Ich bringe euch eine gute Nachricht, über die sich ganz Israel freuen wird. Heute wurde in der Stadt Davids euer Retter geboren – Christus, der Herr! Geht und seht selbst: Er liegt gewickelt in einer _________ – daran könnt ihr ihn erkennen!"

Plötzlich stand neben dem Engel eine Schar anderer Engel, die priesen Gott und riefen: „Alle Ehre gehört Gott im Himmel! Sein Friede kommt auf die Erde zu den Menschen, weil er sie liebt!"

Als die Engel in den Himmel zurückgekehrt waren, sagten die Hirten zueinander:

„Kommt, wir gehen nach und sehen uns an, was da geschehen ist und was Gott uns bekannt gemacht hat!" Sie brachen sofort auf, gingen hin und fanden Maria und Josef und das Kind in der ________. Als sie es sahen, berichteten sie, was ihnen der Engel von dem Kind gesagt hatte. Alle, die dabei waren, staunten über das, was ihnen die ________ erzählten.

Die fehlenden Worte findest du in: Die Bibel in heutigem Deutsch (Lukas 2,1-18).

Wörter finden

ab 1 Person
ab 8 Jahren
ab 5 Minuten
Charakter: interessant, kniffelig
Material: für jeden Mitspieler ein Blatt Papier und einen Stift

Ein Spiel, das man gut allein spielen kann, wenn einem langweilig ist. Natürlich kann man das Spiel auch mit mehreren spielen, vielleicht auch als Wettbewerb:
Wer findet innerhalb von zwei Minuten die meisten Wörter?

Nimm das vorgegebene Wort (siehe unten) und schreibe alle Wörter auf, die in dem Wort versteckt sind. Erlaubt sind nur Wörter, die man von links nach rechts aus dem Startwort lesen kann.

Hier ein Beispiel:
Kirchenglocken: Kirche – Kino – Kiel – ich – in – Rock – hocken – Glocke – Locke – Lok usw.

Hier ein paare weitere Startwörter:
Weihnachtsgottesdienst
Tannenbaumständer
Christbaumkugeln
Krippenspiel
Geschenkpapier

Walnussberg

ab 2 Personen
ab 6 Jahren
ab 5 Minuten
Charakter: spannend, interessant, kniffelig
Material: für jeden Mitspieler 20 Walnüsse, 1 Tasse

Jeder Mitspieler bekommt 20 Walnüsse. Ihr stellt eine Tasse (egal, wie groß) in die Mitte des Tisches. Jetzt legt jeder Spieler der Reihe nach eine Walnuss in die Tasse bzw. auf den Walnussberg. Wenn beim Ablegen eine oder mehrere Walnüsse runterfallen, muss der Spieler alle Walnüsse an sich nehmen. Der nächste Spieler ist dran. Der erste Spieler, der keine Walnuss mehr hat, hat gewonnen.

Weihnachtsbegriffe

ab 2 Personen
ab 8 Jahren
ab 5 Minuten
Charakter: interessant, kniffelig
Material: für jeden Mitspieler ein Blatt Papier und einen Stift

Jeder nimmt einen Zettel und schreibt fünf Begriffe auf zum Thema: „Was ist typisch für das Weihnachtsfest?" Danach trägt jeder seine fünf Begriffe vor. Jeder Begriff, den auch die anderen aufgeschrieben haben, ergibt eine Schneeflocke. Ein Begriff, den kein anderer aufgelistet hat, ergibt zwei Schneeflocken. Wer hat am Ende die meisten Schneeflocken?

Weitere Fragen:
Was gibt es auf dem Weihnachtsmarkt zu sehen?
Welche Begriffe kommen in der Weihnachtsgeschichte vor?
An welchen Orten kann man Weihnachtsgeschenke verstecken?
Welche Spielsachen findet man im Schaufenster?
Welche Weihnachtslieder fallen dir ein?
Was steht auf dem Wunschzettel von Kindern?
Welche Möglichkeiten gibt es, eine Nuss ohne Nussknacker zu knacken?
Was sind typische Süßigkeiten zur Weihnachtszeit?

Illustriertensuchen

ab 2 Personen
ab 5 Jahren
ab 5 Minuten
Charakter: hektisch-verrückt, spannend, Spiel hat starken Aufforderungscharakter, Selbstläufer, starker Wettbewerb
Material: für jeden Mitspieler eine Illustrierte

Sucht euch in eurem Bekanntenkreis/eurer Nachbarschaft oder Verwandtschaft jemanden, der eine Illustrierte abonniert hat (Stern, Spiegel, Focus, Bunte etc. Fernsehzeitschriften sind nicht so geeignet) und lasst euch alte Ausgaben geben, die nicht mehr gebraucht werden. Wenn ihr genügend Zeitschriften zusammenhabt, bekommt jeder Mitspieler eine Illustrierte in die Hand. Der Spielleiter nennt jetzt verschiedene Dinge, die jeder in seinem Heft suchen muss. Wer das Gesuchte als Erster gefunden hat, ruft laut: „Hier!", und zeigt mit dem Finger darauf. Ist es richtig, bekommt er einen Punkt.
Man kann das Spiel „Jeder gegen jeden" spielen, man kann aber auch Gruppen gegeneinanderspielen lassen. Aber auch dann sollte möglichst jeder eine Illustrierte haben. Notfalls kann man auch immer zwei Kindern ein Heft geben. Da dieses Spiel auch Glückssache ist, kann man jüngere gegen ältere Kinder spielen lassen.

Hier ein paar Möglichkeiten, was gefunden werden soll (das kann man natürlich unendlich weit ausdehnen):

Bilder: Weihnachtseinkauftrubel – ein Rentier – Geschäft mit Weihnachtsschmuck – eingepacktes Geschenk – Baby – eine Kuh

– Kerze – Schneemann – Kirche – Lichterkette – Stern – Schornstein – Esel – Braten – Sack – Engel – Weihnachtsmann – Stall – Schlitten – geschmückter Weihnachtsbaum – Nadelbaum – Schafe – Schnee – Plätzchen – Werbung mit typischer Weihnachtssymbolik (Stern/Engel/Weihnachtsmann etc.)

Wörter: Weihnachten – Nikolaus – Christkind – Christvesper – Engel – Hirten – Bescherung

Rentierschlitten erwürfeln

ab 2 Personen
ab 8 Jahren
ab 15 Minuten
Charakter: interessant, spannend, starker Wettbewerb
Material: Ein Würfel, für jeden einen Zettel und einen Stift

Jeder Mitspieler bekommt einen Würfel, einen Zettel und einen Stift. Der Zettel wird folgendermaßen beschrieben:

1. Nikolaus wacht auf
2. Waschen & Zähne putzen
3. Stiefel, Jacke & Mütze an
4. Schlittenkufen einfetten
5. Rentier anschnallen
6. Geschenke aufladen

Es wird hintereinander gewürfelt. Wer z.B. eine 3 würfelt, hakt „Nikolaus wacht auf" auf seinem Zettel ab. Bei den nächsten Runden müssen jetzt nur noch die anderen 5 Ziffern erwürfelt werden. Falls die Person später irgendwann noch mal eine 3 würfelt, hat dies keine Bedeutung, da sie diese schon gewürfelt hat. Sie muss eine Runde abwarten, bis sie wieder eine neue Zahl würfeln darf. Wer alle 6 Zahlen erwürfelt hat, darf losfahren.

Alles, was die Person jetzt erwürfelt, zählt als Kilometer, bei einer 6 ist Reifenpanne, da werden keine Kilometer eingetragen. Ab dem Zeitpunkt, ab dem die erste Person alle 6 Aufgaben erwürfelt hat und losfahren kann, dürfen alle anderen bei jeder Runde jeweils 3 x würfeln und jede Zahl abhaken, die sie dadurch erreichen. Es ist nämlich sehr frustrierend, wenn einer schon wie verrückt losfährt und andere ihren Schlitten noch gar nicht zusammenhaben. Bei gefahrenen Kilometern darf allerdings nur jeweils 1 x gewürfelt werden. Wer hat zuerst die 50 km überschritten?

Gummibärchen-Tannenbaum

ab 2 Personen
ab 6 Jahren
ab 5 Minuten
Charakter: interessant, kniffelig
Material: 24 Gummibärchen, 1 Würfel

Lege einen Tannenbaum aus 24 Gummibärchen auf den Tisch. Unten sechs, darüber fünf, dann vier, dann drei, dann zwei, dann eins. Jetzt wird gewürfelt. Wer eine Zwei würfelt, darf sich die beiden in der 2. Reihe nehmen. Wenn der Nächste eine Sechs würfelt, alle sechs Gummibärchen. Wenn eine Reihe weg ist, wird der Würfel weitergegeben.

Auflösungen

Auflösung „Typisch Weihnachten"

Welches Wort ist das kürzeste? **Eis**
Welches Wort ist das ruhigste?
Stille/Besinnlichkeit/Schnee/usw.
Welches Wort ist das schwierigste? **Frieden**
Welches Wort kommt zweimal vor? **Engel**
Welches Wort ist das schnellste? **Schlitten**
Was kann man essen?
Plätzchen, Christstollen, Gans, Dominosteine, Marzipan
Was kann man anziehen? **Mütze/Handschuhe**
Was ist eine Krankheit? **Grippe**
Welches Tier kommt in Deutschland nicht vor?
Schneehase, Elch, Rentiere
Welches Wort ist das hektischste?
Weihnachtsmarkt/Weihnachtsbäckerei
Welches Wort beschreibt kleine braune Quaderteile?
Dominosteine
Welches Wort ist das längste? **Weihnachtsgottesdienst**
Was ist eine Flüssigkeit?
Rotwein/Glühwein/Punsch/heißer Tee
Was kostet kein Geld? **Schnee, singen usw.**
Was ist am teuersten? **Geschenke**
Was ist am leichtesten? **Schnee, Schneekristall**
Was ist am gefährlichsten? **Glatteis**
Was ist am größten? **Tannenbaum**
Welche Tiere kommen vor? **Elch, Rentiere, Schlittenhunde**
Welche Gewächse kommen vor? **Mistel, Tannenbaum**
Was ist am schmutzigsten? **Schornstein**
Kannst du ein Holz mit Löchern drin finden? **Flöte**

Was ist der Name eines Liedes? **Oh du fröhliche**
In welchem Wort kommt das Wort „Stall" vor? **Schneekristall**
Was beschreibt einen Börsenkeks? **Spekulatius**
Was ist der heißeste Gegenstand? **Kamin**
Was ist der lauteste Gegenstand? **Kirchenglocken**
Was ist der älteste Gegenstand? **Weihnachtsgeschichte**

Auflösung „Die Weihnachtsgeschichte nach Lukas mit Vählern"
Besorge dir eine Bibel und lies im Neuen Testament bei Lukas 2, wie der Text richtig heißt.

Markus 2

1 Es begab sich aber zu der Zeit, dass ein Verbot von dem Kaiser Cäsar ausging, dass alle Welt geschätzt würde.
2 Und diese Schätzung fand erst zum zweiten Mal statt und geschah zur Zeit, da Quirinius Oberst in Zypern war.
3 Und Maria und Josef gingen, dass sie sich schätzen ließen, ein jeder in seine Stadt.
4 Da machte sich auf auch Josef aus Nazareth, aus dem Bezirk Galiläa, in das römische Land zur Stadt Davids, die da heißt Jerusalem, weil er aus dem Hause und Geschlechte Davids war,
5 damit er sich schätzen ließe mit Maria, seinem frisch vermählten Weibe; die war im 4. Monat schwanger.
6 Und als sie dort waren, kam die Zeit, dass sie gebären sollte.
7 Und sie gebar ihren zweiten Sohn und wickelte ihn in eine Krippe und legte ihn in eine Windel; denn sie hatten sonst keinen Raum in der Herberge.

8 Und es waren Könige in derselben Gegend auf dem Felde
bei den Hirten, die hüteten des Nachts ihre Herde.
9 Und die Engelschar des Herrn trat zu ihnen, und die sangen
voller Klarheit: „Fürchtet euch nicht!"
10 Und der Engel sprach zu ihnen: Fürchtet euch nicht! Siehe,
ich verkündige euch große Gnade, die allen Gottesfürchti-
gen widerfahren wird;
11 denn euch ist heute Jesus geboren, welcher ist Christus, der
Herr, in der Stadt Bethlehem.
12 Und das habt zum Zeichen: Ihr werdet finden das Kind in
Windeln gewickelt und in einer Grippe liegen.
13 Und alsbald war da bei dem Engel die Menge der himmli-
schen Heerscharen, die lobten Gott und sprachen:
14 Ehre sei Gott in der Höhe und Friede auf Erden bei den Men-
schen seines Wohlgefallens.
15 Und als die Engel von ihnen gen Himmel fuhren, sprachen
die Hirten untereinander: Lasst uns nun gehen zur Krippe
und das Kindlein sehen, so wie die Weisen kundgetan.
16 Und sie kamen langsam und still und fanden beide, Maria
und Josef, dazu das Kind in der Herberge liegen.
17 Als sie es aber gesehen hatten, breiteten sie das Wort aus,
das zu ihnen von diesem Kinde gesagt war.
18 Und alle, vor die es kam, freuten sich über das, was ihnen die
Weisen gesagt hatten.
19 Josef aber behielt alle diese Worte und bewegte sie in ihren
Gedanken.
20 Und die Hirten kehrten wieder um und erzählten allen, was
sie gehört und gesehen hatten, wie denn zu ihnen gesagt
war.
21 Und als sechs Tage um waren und man das Kind taufte, gab
man ihm den Namen Christus, wie er genannt war von dem
Engel, ehe er im Mutterleib empfangen war.

Arno Backhaus kann man übrigens auch einladen, allein oder mit seiner Frau Hanna:

- zu einem Vortrag über AD(H)S
- zu einem Vortrag über Humor für Frühstückstreffen für Männer oder/und Frauen
- zu einem Konzert „Lieder, Texte & Persönliches – zum Über-leben und Totlachen"
- zu einer humorvollen und besinnlichen Why-nachtsfeier mit Liedern und Geschichten zum Lachdenken
- zu einem Seminar „Kommunikation & missionarischer Lebensstil"
- zu einer „Laugh-Parade" mit viel Klamauk, Gags, Witzen, Songs und Volkstanz

Hier können Sie die unterschiedlichen Programme für Jung und Alt unverbindlich anfordern:

Hanna & Arno Backhaus
Hauptstraße13 · 34379 Calden (bei Kassel)
Tel.: 05677-1343 · bauchladen@arno-backhaus.de
homepage: www.arno-backhaus.de
web-shop: www.arnobackhaus.de